赣州市客家摇篮·文艺精品创作生产扶持项目

赣南的天空

周鸿 著

江西人民出版社

图书在版编目（CIP）数据

赣南的天空 / 周鸿著 . -- 南昌：江西人民出版社，2023.11

ISBN 978-7-210-15004-6

Ⅰ.①赣… Ⅱ.①周… Ⅲ.①报告文学—作品集—中国—当代 Ⅳ.① I25

中国国家版本馆 CIP 数据核字（2023）第 224640 号

赣南的天空
GANNAN DE TIANKONG

周　鸿　著

责 任 编 辑：章　虹
封 面 设 计：同异文化传媒

江西人民出版社　出版发行
Jiangxi People's Publishing House
全国百佳出版社

地　　　址：	江西省南昌市三经路 47 号附 1 号（330006）
网　　　址：	www.jxpph.com
电 子 信 箱：	jxpph@tom.com
编辑部电话：	0791-86891201
发行部电话：	0791-86898815
承　印　厂：	南昌市红星印刷有限公司
经　　　销：	各地新华书店

开　　　本：	787 毫米 ×1092 毫米　1/16
印　　　张：	14.25
字　　　数：	178 千字
版　　　次：	2023 年 11 月第 1 版
印　　　次：	2023 年 11 月第 1 次印刷
书　　　号：	ISBN 978-7-210-15004-6
定　　　价：	50.00 元

赣版权登字 -01-2023-546

版权所有　侵权必究

赣人版图书凡属印刷、装订错误，请随时与江西人民出版社联系调换。

服务电话：0791-86898820

序言

李炳银

江西赣州的作家朋友卜谷将周鸿的报告文学作品推荐给我看，希望我能结合阅读感受为之写个短小序言。

对于周鸿的报告文学作品，我在主编《中国报告文学》杂志时读过几篇，但还是缺乏全面了解。这一次，周鸿为我提供了十几篇作品，拜阅之后，对他和他的报告文学作品有了比较全面深入的了解。

周鸿是一个勤奋认真的作家，是那种站在社会人生的大地上用心耕耘的人。他的作品涉及的题材领域宽泛多样，有历史的追踪寻觅，有现实的采访表达，有对人们生命道路曲折和感情困顿的记录，也有对事业拼搏进取的报告，等等。正因为这样的创作态度和自觉实践，周鸿的报告文学方能表现出丰富丰盈的特点，具有高品质和高价值。

在这些作品中，《荷美大西坝》一文令我很感兴趣。作品反映国家选派一批优秀青年干部到赣州挂职，支持赣南等原中央苏区振兴发展。来自中国日报社的副处级干部冯宗伟，虽然妻子患病，女儿幼小，母亲年高需要照顾，但他还是毅然报名并得到批准，来到会昌县珠兰乡大西坝村担任第一书记。其间，有领导建议他担任副县长，但被他婉言谢绝了。在大西坝，冯宗伟访贫问苦，排忧解难，在整治村容村貌、安装路灯、修建文化广场、疏浚水渠、开挖莲塘、发展产业、增加村子经济收入等方面，成绩卓著。在一年任期届满之后，他又自觉选择留任一年，直到大西坝变得风景秀丽、经济发展、人心欢快，真正成了"踏遍青山人未老，风景这边独好"的美丽乡村。《荷美大西坝》集矛盾冲突和人物情绪及开拓精神于一体，记述冯宗伟在现实中初心不改，意志坚定，智慧运作，以及诚敬坚毅的精神性格等细节故事，十分生动感人。

《寻乌再调查》《风起长冈》是两篇在现实和历史交替穿插的作品，写的都是毛泽东当年做过社会调查的地方，可以称之为"姊妹篇"。前者描述寻乌县的今天，回顾毛泽东当年立足实际调查情况，寻找中国革命的道路，并在深入调查基础上提出"反对本本主义"的思想和工作方法等，还追踪了毛泽东《寻乌调查》散佚到重新面世的喜人情形。后者讲述兴国县长冈乡90年的发展变化，也是从毛泽东做调查的故事讲起，通过寻访有关遗迹和后人，体现苏区干部好作风在新时代的传承发扬。两篇文章异曲同工，既体现了对一代伟人的深情缅怀，也引发人们对党的思想路线、群众路线的再思考再探讨，至今仍有重要现实价值和参考意义。2011年11月，习近平同志在中央党校秋季学期第二批入学学员开学典礼上，曾这样评价毛泽东的寻乌调查："直接与各界群众开调查会，掌握了大量第一手材料，诸如该县各类物产的产量、价格，县城各业人员数量、比例，各商铺经营品种、收入，各地农民分了多少土地、收入怎样，各类人群的政治态度，等等，都弄得一清二楚。这种深入、唯实的作风值得我们学习。"周鸿以"在场"作家身份继承了毛泽东寻乌调查的作风，他的报告文学真实生动记录了赣南大地上的历史流动和文学观察、探索。

《童谣里的故乡》《思乡亭》《爸爸，我们回家了》《半个世纪的奔走》都是记述因为贫穷、战乱等原因，人们亲情受到伤害而痛苦分离的动人故事。作品叙述魏惜娟、黄宝州、李镇明及无私热心寻亲人郑纪岳的离情别恨，九死一生，思念之苦痛，团圆之欢乐等情形，个个都是真实的传奇故事，特别是郑纪岳无私相助，长时间热心为他人寻亲的事迹更是令人感慨敬佩。世上总有真情在，其中的无奈、仇恨、遗憾、侥幸，包含了太多社会和人生的曲折，这些跌宕起伏的内容，看得使人生出无尽的感叹！

在这些作品中，周鸿充满了人性的悲悯，在叙述的过程中饱含真情深情，文章的线索也都清晰有序，展开了一幅幅人生命运纷纭转变的动人图画。这是真正渗透着人们血肉和情感精神因素的文学作品，提供给读者，会使人感到真情团聚的珍贵，从而珍惜一切！

另外，周鸿还有追寻踏访，反映红军长征前几个绝密行动的作品，内容虽然久远，但今天了解，依然使人兴趣颇浓。红军如何得到蒋介石实施"铁桶计划"的消息，如何与广东军阀陈济棠秘密接触，协商合作反蒋等，都是十分引人入胜的重要历史传奇故事。还有像《妙手仁心黄晓焰》《千山万水创业路》，不管是写救死扶伤的医务人员，还是写从基层奋起努力创业的企业家，都有一种震撼人心的力量。

周鸿置身赣南革命老区，热心在周边的社会生活中发现题材，选择一些有价值意义的对象作为选题，然后在深入调查采访基础上完成自己的表达。这是一种自主性的文学表达，和那些听命令式的被动写作不同。所以，周鸿的作品尽管较少有很重大的、很时尚的题材，可是不轻浮，不随意，有自己的特点。虽然说他的作品不是很多，在叙述的过程中更多地流于事件故事过程记述，还有缺乏向更丰富复杂的社会思想和精神情感领域开掘的不足，但现象本身也是一种言说。我希望周鸿有更多的创作，作为生活、工作在基层而又勤奋探索的作家，在文学的创作过程中不断有新的喜人收获！

（作者系文学评论家、中国作家协会研究员、中国报告文学学会原常务副会长）

目录

第一辑　红土圣地

003 /　寻乌再调查
032 /　风起长冈
050 /　红军长征前的绝密行动

第二辑　时代节拍

063 /　荷美大西坝
098 /　大塆春晓

第三辑　故乡亲情

123 / 童谣里的故乡
148 / 思乡亭
161 / 爸爸，我们回家了

第四辑　人物档案

175 / 半个世纪的奔走
196 / 妙手仁心黄晓焰
202 / 千山万水创业路

216 / 后记

第一辑

红土圣地

寻乌再调查

> 历史总会在某个恰当的时候再现,并被人们反复地认识。
>
> ——题记

一

山重重,水迤迤,路迢迢,这是许多人对于江西省寻乌县最直观的印象,但这并没有阻挡人们前行的脚步。

智者乐水,仁者乐山。寻乌,到底有什么吸引着人们的目光?

二十年前,我以电视记者的身份到寻乌采访一位种果致富大户。我们下午三点从赣州出发,沿 105 国道,途经南康、信丰等地,一路辗转颠簸,特别是转道安远县后,弯多路窄,车子在崇山峻岭中穿行,下了这道坡又上那个峰,其中海拔五百米以上的大山就有三座,分别是基隆嶂、太阳关和高云山。同行的一位女主播开始还颇为兴奋地探出头去欣赏美景,但过了几个陡坡急弯后,已是脸色苍白,在车上呕吐不止。我还算好点,但头脑也被转得晕乎乎的。司机只好放慢车速,走走停停,到了寻乌县城,已是晚上八点。街道灯光昏暗,行人稀少,好不容易找到一家餐馆吃饭,但我们个个像是霜打的茄子,哪有什么胃口，只好上床歇息。

正因为有了那次的经历，后来只要说起寻乌，想起那三座大山，我就有些心惊。不是万不得已，我都尽量不去寻乌。

"梅子留酸软齿牙，芭蕉分绿与窗纱"，2014年6月，在万物勃发的初夏时节，我又一次踏上了去寻乌调查采访的行程。不同的是，这次的线路改变了，再也不用翻越三座大山，而是从赣州上高速，经赣县、于都、会昌、瑞金，直达寻乌。虽然绕了一个大弯，但全程高速，不到三个小时就到了。

寻乌位于赣州市东南端，东邻福建武平县、广东平远县，南毗广东兴宁市、龙川县，西连江西安远县、定南县，北接会昌县，素有"鸡鸣三省"之称。全县总面积2311.38平方公里，总人口32万，是江西省极边远的县份之一。据《寻乌县志》记载，寻乌原属安远县，明万历四年（1576）析安远黄乡、双桥、寻邬等十五堡建县，取"长宁久安"之意，定名长宁县。哪知早在明洪武五年（1372），四川省就有了一个长宁县，遵循小让大、后让先的地名原则，民国三年（1914），将县名改为寻邬。1957年经国务院批准，又将县名寻邬改为寻乌。

然而，寻乌县名又是从何而来呢？普遍的说法是得名于境内的寻邬水，现称寻乌河，它自北向南贯穿全境，总长126.08多公里，珠江三角洲和香港居民重要饮用水东江就是发端于此。

一个清爽宜人的早晨，我们一行八人踏上探本溯源之旅。越野车从县城出发，向北走了一个多小时，道路因两边的山林越来越逼仄，越来越坑洼不平，到了三标乡东江源村，我们不得不下车步行。这是一个狭长的小山坳，散落着几栋低矮破旧的土坯房，缓坡上层层叠叠的梯田全荒芜了，长满了杂花野草，引得蜻蜓款款飞、蝴蝶翩翩舞。

上山的路铺了厚厚一层枯枝败叶，两边是茂密的灌木，阳光随着微风透射进来，摇曳着竹木花草的芬芳。

弯弯曲曲的小溪，像是一位婉约清丽的小姑娘，从山顶款款而下，一会儿钻入灌木丛中，弹奏出悦耳的琴声，一会儿展露出婀娜的身姿，银铃般的欢笑正与我们撞了个满怀。陪同的东江源村支书告诉我们，这里地处武夷山脉与九连山余脉相接地带，也就是寻乌河的源头，它来自海拔1100多米的桠髻钵山的一个泉眼。寻乌水与另一条支流定南水在广东龙川县枫树坝汇合流入东江。为了保护东江水源，这里长期封山育林，退耕还林，也没有进行旅游开发，一切保持原始生态面貌。

二

一泓清泉山中流，寻乌河以母性的温柔和博爱滋润着粤港同胞。然而，谁会想到，一条思想的河流，也是从寻乌起源，流向延安，一路北上，到西柏坡，达北京城，引领现代中国从苦难走向辉煌，这就是毛泽东同志倡导的党的实事求是的思想路线。

20世纪二三十年代，土地革命的火焰在寻乌熊熊燃烧。这里是中央苏区全红县之一，为革命壮烈牺牲的有名有姓的烈士就有3263人。毛泽东、朱德、邓小平等老一辈无产阶级革命家在这里战斗生活过，发生了红四军"圳下战斗""罗福嶂会议"和长征前夕"罗塘谈判"等影响中国革命进程的历史事件。

历史垂青寻乌。1929年1月31日，毛泽东、朱德率领红四军经安远鹤子圩第一次进入寻乌，与当地党组织负责人古柏等接上了头。1930年4月30日，毛泽东、朱德率领红四军由会昌再次进入寻乌。在此后的一个多月里，毛泽东利用红军部队在安远、寻乌、平远分兵做发动群众工作的时机，在中共寻乌县委书记古柏的协助下，考察了寻乌县的政治、经济、地理、交通运输等情况。这是他人生中做的最大规模的社会调查，史称"寻乌调查"。

马蹄岗，寻乌县城西南门外的一个普通山岗，因形状似马蹄而得名，更因毛泽东在那里做过寻乌调查而蜚声中外。经过岁月的冲刷洗礼，马蹄形的地貌已难以辨认。纪念馆高耸的大门上，由张震上将亲笔题写的"毛泽东寻乌调查纪念馆"十个金黄色大字在阳光下熠熠生辉，左右两边则分别镶着"没有调查没有发言权""在实践中创造新局面"两列遒劲毛体字。

纪念馆始建于1968年，占地面积8000平方米，从大门进去是一个绿草如茵的院子，栽种了樟树、铁树、天竺桂等常绿树木，"毛泽东同志旧居""寻乌调查陈列馆"和"红军医院旧址"，三栋两层楼的土木结构建筑分列在院子的周边，红檐灰瓦，显得庄严而肃穆。

拾级而上，我来到"毛泽东同志旧居"，多年前的烽火硝烟早已散去，我却仿佛还能闻到一股浓重的香烟焦味。在难得的战争间隙，在这宽敞却有些昏暗的二层楼房里，作为红四军前敌委员会书记兼党代表的毛泽东并没有闲着，他一边抽烟一边来回踱步，落日余晖染红了寻乌河，毛泽东站在窗前眉头紧锁、神情凝重。

面对党中央一些领导人过分迷信共产国际，完全照搬照抄苏联经验致使革命受挫的严峻局面，他在思考着党和红军的前途命运，怎样分析农村阶级？怎么解决富农的问题？如何制定出符合实际的土地革命路线？如何帮助同志们从"左"倾教条主义错误的束缚中解脱出来？这些问题不解决，中国革命将寸步难行。而要解决这些问题，当时又没有现成的答案，唯一的办法就是调查研究。想到这些，毛泽东连夜把中共寻乌县委书记古柏请来商量开展寻乌调查事宜。

在毛泽东同志的住处，摆放着一张桌子、几把太师椅和两条长凳，桌子上方悬吊着一盏马灯，再现了当时召开调查会的场景。讲解员指着背向大门的椅子说，这就是毛泽东当年坐的位置。我很是惊讶，因为这是下席。按照客家人的规矩，像毛泽东那样有地位的尊贵客人应该坐上席才对。椅子非常古朴，我试着坐了上去，感觉有些笨拙而摇晃。我知道，这一定不是毛泽东同志坐过的椅子，因为房子在1933年被国民党当局烧毁，所有木结构的东西都被付之一炬，1939年维修时改变了原貌，1972年按原貌修复。

但是，这把椅子是不是原来的那把并不重要，重要的是真真切切发生在这里的事情。毛泽东同志甘当小学生，把参加调查的对象称为"我可敬爱的先生"，可以想象，当年的毛委员是怎样满腔热忱地不耻下问。他按照事先列好的调查提纲，虚心问，仔细听，认真记，可见他做调查时的态度是多么诚恳谦谨，无怪乎参加调查的对象能毫无拘束，知无不言，言无不尽。碰到听不懂的客家方言，毛泽东转而请古柏现场翻译，记完后还要念一遍，大家确认无误后才开始下一个问题。

"调查不但要自己当主席，适当地指挥调查会的到会人，而且要自己做记录，把调查的结果记下来。假手于人是不行的。"毛泽东是这样做的，也是这样总结自己的调查技术。

寻乌调查的重点是县城的商业状况。毛泽东说："我是下决心要了解城市问题的一个人，总是没有让我了解这个问题的机会，就是找不到能充足地供给材料的人。"当时的寻乌是江西赣州和广东梅县商贸流通的中转站，也是手工业商品和资本主义商品交战的地方，而且寻乌地处三省交界处，明了这个县的情况，三省交界各县的情况也能大概了解，这也是毛泽东选择在寻乌做调查的重要原因。

在古柏的联系安排下，郭友梅（五十九岁，杂货店店主，曾任县商会会长）、范大明（五十一岁，贫农，县苏职员）、赵镜清（三十岁，中农，做过小商贩）、刘亮凡（二十七岁，县署钱粮兼征柜办事员，城郊乡苏维埃主席）、陈倬云（三十九岁，做过小生意，当过小学教师）等人参加了调查会，并提供了充分的材料，用毛泽东自己的话说："他们给了我很多闻所未闻的知识"，"使我像小学生发蒙一样开始懂得一点城市商业情况，真是不胜欢喜"。

开调查会是寻乌调查的主要方法，包括专题调查、综合调查、总结调查这三种形式。此外，毛泽东同志还深入商会、木工店等地实地调查，与农民一起参加劳动，进行访问式调查。

"有一次，从我们住的地方往城里走，不要过小石桥，在小石桥东边，看到有群众在田里拔草，主席就把鞋一脱，到田里同群众一起劳动，一边拔草，一边跟群众谈开了。"担任过江西省委书记的陈昌奉当年是毛泽东的警卫员，他在 1969 年回忆寻乌调查时说，"问群众有没有进行土地革命，分了多少土地，全村多少人，姓什么，有多少人参加红军，多少人参加革命等。"

三

毛泽东一生做过很多调查。大革命时代（1927 年 1 月）在湖南做过湘潭、湘乡、衡山、醴陵、长沙等五个有系统的调查，井冈山时期（1927 年 11 月）又做了永新、宁冈两个调查。这七个调查材料在战争中都丢失了，毛泽东为之十分惋惜，目前已经出版的中央苏区调查材料有十一个，《寻乌调查》是其中调查时间最长、规模最大、内容最为全面翔实的一个，全文八万多字，五章三十九节，从寻乌县城地理位置、人口成分到政治地位，从交通运输、商业状况到土地关系、阶级状况等，既有丰富的材料，又有精辟的分析，可以称得上是寻乌县的一部地方志书，甚至可以说是20世纪二三十年代中国农村社会的一个缩影。比如，他在介绍寻乌城的理发时，详细列举了各种时兴发型，如"东洋装""平头装""陆军装""博士装""文装""花旗装""圆头装"等，折射出民国时期的观念转变和社会变迁。文章语言简练生动，有时像工笔画一样细致入微，有时又似水墨素描，寥寥几笔，神形兼备，可读性强。

《寻乌调查》不仅有史料文献价值，在当时更有重要现实意义。大革命失败后，中国共产党提出了土地革命的主张，但对农村阶级和城市中小商业者的状况认识模糊，以致执行过一些"左"的政策和策略。有事例为证，1930年4月，红四军攻占信丰县城后，把城内十多家日用百货和杂货店作为豪绅地主和官僚资本家的财产悉数没收，其他商铺店主闻讯纷纷关门闭市，县城一片萧条，群众买不到油盐柴米，生活受到严重影响。作为红四军领导者和政治家的毛泽东看到了这件事背后的重大政策失误，正如他在《寻乌调查》中说的："对于商业的内幕始终是门外汉的人，要决定对待商业资产阶级和争取城市贫民群众的策略，是非错不可的。"1941年，毛泽东又在《关于农村调查》一文中说："我作了寻乌调查，才弄清了富农与地主的问题，提出解决富农问题的办法，不仅要抽多补少，而且要抽肥补瘦，这样才能使富农、中农、贫农、雇农都过活下去。"

正是通过寻乌调查，毛泽东对农村阶级和城市的商业问题有了基本的了解，及时纠正了一些极左的倾向，从而保证了土地革命深入开展，也为他后来提出新民主主义的经济纲领，制定城市工商业政策奠定了扎实的实践基础。

"赣水苍茫闽山碧，横扫千军如卷席"，在随后的日子里，在毛泽东正确指挥下,红军取得反"围剿"战争胜利,"赣水那边红一角",推动了苏维埃运动进一步发展,形成中央苏区"风景这边独好"的喜人局面。

《寻乌调查》的意义还不止于此。通过寻乌调查,毛泽东不仅获得了真知,而且在思想上产生了新的飞跃。1930年5月,他总结包括寻乌调查在内的一系列农村调查实践经验,写下了《调查工作》,即《反对本本主义》一文,从哲学的高度第一次提出"没有调查,没有发言权""调查就是解决问题"的著名论断,提出了必须把马克思主义理论同中国实际情况相结合,"中国革命斗争的胜利要靠中国同志了解中国情况"的重要思想,开创了马克思主义中国化的先风,初步形成了毛泽东思想活的灵魂的三个基本点:实事求是、群众路线和独立自主。著名党史专家石仲泉一针见血地指出:《反对本本主义》是寻乌调查的直接产物和理论硕果。"寻乌也因此被称为党的实事求是思想路线的发祥地之一。

世上没有先知先觉,任何伟大的思想都诞生于实践的丰厚土壤。毛泽东思想的火花在寻乌这个山旮旯里锤炼摩擦而生,其放射出的光芒从此指明了中国革命的道路,照亮了世界的东方。

寻乌调查陈列馆以大量的史实、图文资料,真实生动地展示了毛泽东做寻乌调查的过程,揭示了寻乌调查重大而深远的历史意义。据毛泽东寻乌调查纪念馆馆长黄少斌介绍,该馆最早建于1972年,2003年进行过一次大规模的改造,但陈列手段还是比较简单,基本是图片展,陈列版面都是用喷绘机制作后贴上去的。2013年县财政投入近500万元,对陈列馆再次进行提升改造,陈列面积由原先的256平方米左右扩大到550平方米,展览内容也增加了"坚持实事求是,反对本本主义"部分,并首次采用了声、光、电等现代科技手段,整个陈列馆的品位有了很大的提高，前来参观的人数也大幅增长。

"仅2014年4月份我们就接待了近6000名干部群众来参观，主要是因为毛泽东的寻乌调查很切合当前正在开展的党的群众路线教育实践活动的形势，再加上这篇文章被尘封的时间长，这段历史对许多人来讲是比较陌生的。"黄少斌说。

陈列馆外，一丛丛木槿花像一团团火焰，迎着骄阳绚烂绽放。

四

如果把开展调查研究比作"十月怀胎"，发表调研文章比作"一朝分娩"，那么《寻乌调查》的出版面世则经历了半个世纪的"难产"，个中的曲折至今仍像谜一样吸引人们去探究。

毛泽东1930年做完调查后，1931年2月在宁都县小布整理出《寻乌调查》全文。由于立场观点不同，他提出的正确主张不仅没被采纳，而且被王明"左"倾错误思想所压制，《寻乌调查》也因此"养在深闺人未识"。但毛泽东一贯注重调查研究，十分珍惜调查研究成果，对丢失的大革命时代和井冈山时期的调查文章尚且念念不忘，对拼了大量力气、花了最长时间的《寻乌调查》更是视若珍宝。漫漫长征的前夜，在收拾行李的时候，也许他对带走哪些东西有些纠结，却毫不犹豫地把《寻乌调查》装入行囊，要不他怎么会在1937年10月为《农村调查》一书写的序言中很肯定地提到《寻乌调查》已经被他带到了延安？而此时，毛泽东接到古柏二哥古梅的来信，始知留守中央苏区坚持游击战争的古柏早在两年前就壮烈牺牲了，年仅二十九岁。这不禁让他想起这位老部下、老战友协助自己开展寻乌调查的情景，往事历历在目，而今书在人远去，怎不令他感慨万千、悲从中来？他挥笔题词："吾友古柏，英俊奋发，为国捐躯，殊堪悲悼。愿古氏同胞，继其遗志，共达自由解放之目的。"

1941年，毛泽东在延安亲自主持编写《农村调查》一书，却发现《寻乌调查》不见了，1950年《寻乌调查》原抄件又奇迹般地现身中央档案馆。毛泽东如获至宝，并对第五章"寻乌的土地斗争"的内容进行了修改，准备编入《毛泽东选集》里，但不知为何，后来又未编入。

时光荏苒，风云变幻，不变的是对真理的探究和执着追求。

毛泽东逝世后，面对一时难以散尽的"文化大革命"阴霾，以及党内存在的"两个凡是"的僵化思想，复出后的邓小平同志坚持"实践是检验真理的唯一标准"，恢复了党的实事求是思想路线，客观正确地评价毛泽东的功过是非，开启了改革开放的大幕。此时的他是否回忆起多年前发生的"寻乌事件"？1932年11月寻乌县城失守，以邓小平为书记的会寻安中心县委，从边缘地区实际情况出发，执行了毛泽东所主张的完全适合当时边区特点的正确路线，抵制王明的教条主义错误，他和毛泽覃、谢唯俊、古柏等四人因此被扣上"江西罗明路线"的帽子，遭到残酷打击和无情批判。

也许是对教条主义、本本主义有痛彻心扉的体会，邓小平愈加坚定了理论联系实践、坚持走中国特色社会主义道路的信心和决心，从而创立了邓小平理论，实现了马克思主义中国化的第二次飞跃。《寻乌调查》也由此获得了新生，并于1982年9月与《反对本本主义》一起编入《毛泽东农村调查文集》而面世，1993年又编入《毛泽东文集》（第一卷）。

文章千古事，甘苦寸心知。

最早发现的《寻乌调查》是一个手抄本。据说抄写的人文化水平不高，对一些内容不理解，字里行间有不少错别字。时任中央文献研究室副主任的龚育之，在主持编辑《毛泽东农村调查文集》时感觉很是棘手，他在《编辑记事》中说："我们现在辨认这个抄件中的一些文字就相当困难。有的不可理解，显然是有什么字错了。尽管我们从字形和其他方面作了一些推测，但是还弄不很清楚。"他举例说，毛泽东在介绍寻乌县南八区的中地主（相对于大地主和小地主而言）时，讲到一个叫"钟大面六"的，颇令人费解。"钟大"不是一个复姓，他的名字为什么又是四个字呢？这个名字是什么意思呢？

"你对那个问题不能解决么？那末，你就去调查那个问题的现状和它的历史吧！你完完全全调查明白了，你对那个问题就有解决的办法了。"毛泽东的话语在耳畔回响。

踏着当年寻乌调查的足迹，1982年4月，中央文献研究室的编辑人员不远千里，来到寻乌进行了实地调查。他们根据可靠材料，对正文中与事实有出入的地方，一一做了核对校正。

温日华是寻乌调查纪念馆原馆长，接待了从北京来的编辑人员，并参与协助校勘查对工作。他介绍说，《寻乌调查》中提到的人名、地名、物名、数字都很多，仅寻乌城的"洋货"，毛泽东就列举了131种，其中有些是今天的人们比较陌生的，还有极少数名称匪夷所思。比如，洋货中的"圆烯"和"扇火带"这两种物品，经多方调查，最终弄清"圆烯"是"圆火带"之误，"扇火带"是"扁火带"之误。这两种火带是旧时点灯用的灯芯，一种是圆的，一种是扁的。另外，编者经过调查核对，还把"洋青定"订正为"洋靛"，"橙火钳"订正为"凳头钳"，"正经菜"订正为"金针菜"，"胍子"订正为"脉子"（蔬菜名），"榄鼓"订正为"榄豉"，等等。又比如，前面提到的中地主"钟大面六"，经实地调查后才弄清楚：钟大面六原本姓钟，在家排行第六，由于他的面庞宽大，人称"大面六"，后来人们不称呼他的本名，知道他本名的人也越来越少，所以才有"钟大面六"的称谓。

"核对校正的工作量很大，这些编辑人员确实下了一番苦功夫，晚上干到十一二点，不是走访调查，就是整理资料，工作非常严谨细致，真正体现了毛泽东同志深入唯实的调查研究之风。"时隔几十年，温日华谈起这事，依然印象深刻，感触颇多。

五

《寻乌调查》公开发表时间晚，有待研究的空间大，面世以来引起了中外专家学者的持续关注。

2003年11月，山城寻乌橙黄橘绿，一派丰收景象。来自中央文献研究室、中央党史研究室、中央党校，以及其他科研院所、高等院校的40多名专家学者云集寻乌，参加"《寻乌调查》与毛泽东对马克思主义中国化的探索——纪念毛泽东同志诞辰110周年全国学术研讨会"。他们无心品尝鲜美的脐橙，而对《寻乌调查》的背景、内容和历史现实意义等表现出浓厚的兴趣，进行了广泛深入的研讨和交流。与会专家认为，《寻乌调查》是调查研究文献的"富矿"，蕴藏着多种稀有贵重"矿石"，闪耀着灿烂的光芒，每拾捡到一颗都令人欣喜若狂。

在此次研讨会上，一个碧眼蓝发的外国学者格外引人注目，他就是美国西华盛顿大学教授汤若杰。在网上获悉消息后，他远涉重洋来到这个偏远小县，足见对《寻乌调查》的关注和推崇。1990年，汤若杰将《寻乌调查》翻译成英文在美国出版发行，并在"导言"中说："《寻乌调查》不仅仅告诉我们有关寻乌的情况，还告诉我们从实践中得出的、毛泽东认为对革命至关重要的调查方法。"《寻乌调查》由此步出中国，走向世界。

社会纷繁复杂，时代瞬息万变，调查研究工作的重要性日益凸显。2011年11月16日，习近平同志在中央党校秋季学期第二批入学学员开学典礼上做了题为"谈谈调查研究"的重要讲话，特别提到了"寻乌调查"，指出"这种深入、唯实的作风值得我们学习"，强调"领导干部不论阅历多么丰富，不论从事哪一方面工作，都应始终坚持和不断加强调查研究"。

重提是担心被遗忘，重视也可能是因为被忽视。不可否认，调查研究这一做好领导工作的重要传家宝，现在正被不少地方的领导干部所淡忘和丢失，往往是"说起来重要，做起来次要，忙起来不要"。有的习惯坐在办公室看材料、听汇报、做指示、发号令，凭经验办事，拍脑袋决策，偶尔下去调研也是蜻蜓点水，走马观花；有的习惯于"坐在车上转，隔着玻璃看"，下乡不进村，进村不入户；有的陶醉于前呼后拥、警车开道，装腔作势，哗众取宠，政治作秀；有的甘愿"被调研"，任人摆布，报喜不报忧；有的先入为主，带着既有的观点去调研，让基层按照结论找证据。调研工作如此走形变味，表面上是作风方法问题，根源在于宗旨意识淡薄，群众观念弱化。其导致的后果是，败坏了风气，损害了形象，而且使得党委、政府的决策措施脱离实际，出现了一些"形象工程""政绩工程"和"半拉子工程"。

真相不容于浮云遮望眼，时代呼吁调查研究再回归。

寻乌，这块被毛泽东调查过的土地，已然走上再调查之路。

2014年2月，北方的天空还是朔风凛冽、大雪纷飞的时候，南国的寻乌已是万物复苏、生机盎然。人勤春来早，春节上班第一天，县四套班子领导来到寻乌调查纪念馆，开展以"寻乌调查与群众路线"为主题的现场体验式教学。一件件文物，一张张图片，再现了多年前的那场调查，也让那时的寻乌城跃然眼前，触手可及，在倍感亲切的同时，这些当政者陷入了沉思：当前的寻乌，你了解多少？

"你对于某个问题没有调查,就停止你对于某个问题的发言权,这不太野蛮了吗?一点也不野蛮。"毛泽东的话穿越时空,振聋发聩。

在那个风雨如晦的年代,毛泽东同志通过寻乌调查,拨云见日般找到了中国革命的正确道路。现如今,中国进入社会转型期、改革攻坚期和矛盾凸显期,新情况新问题层出不穷,改革发展稳定的任务艰巨繁重,具体到寻乌县,如何加快苏区振兴发展,摆脱贫困落后面貌,确保到 2020 年与全国同步进入全面小康?这是摆在全县领导干部面前的重大现实课题和主要矛盾问题。而要破解这道难题,无先例可循,无经验可依,唯一的办法就是顺应群众期盼,深入调查研究,集中民智,凝聚共识,打一场改革发展的攻坚战。

一场轰轰烈烈的调研活动——"寻乌再调查"由此展开,它作为全县党的群众路线教育实践活动的重要载体,参与对象覆盖全县各基层党组织、广大党员干部,重点是科级以上领导干部,调查领域涉及政治、经济、社会、文化、生态文明建设等方方面面。

"当年毛主席开展寻乌调查所体现的密切联系群众的作风、深入唯实的精神和实事求是的思想路线,与我们党当前开展的群众路线教育实践活动本质是一样的,内涵是相通的。"寻乌县委书记柯岩松在阐述开展寻乌再调查活动的初衷和目的时说,"我们想通过这个再调查活动,实现对县情的再认识、发展思路的再厘清,促进干部作风的再转变、工作能力的再提升。"

思想是行动的先导。在县委的全力推动下,全县 3200 余名党员干部分批次来到寻乌调查纪念馆重温光辉历史,以中心组学习、集中学习、分散自学等多种形式,认真研读《寻乌调查》和《反对本本主义》两部光辉著作,汲取丰富的精神营养。4 月 11 日,寻乌县还邀请中央党校专家举办了"毛泽东调查研究的理论与实践及其当代启示"专题报告会，进一步深刻领会毛泽东同志寻乌调查的精神、作风和方法，对寻乌再调查活动进行再动员、再部署。

六

4月的寻乌，是绿的海洋、花的世界。漫山遍野的柑橘、脐橙开出洁白的花朵，空气中流淌着甜蜜的花香，如丝如缕，沁人心脾。

寻乌属亚热带季风气候，温暖湿润，光照充足，冬少严寒，夏无酷暑，土壤富含铁、铝、稀土等。依托良好的气候条件和山地资源，20世纪60年代起，这个县开始发展柑橘等果业，90年代实施"山上再造一个高效益的新寻乌"和"兴果富民""强果富民"战略，在政府和市场双重力量的推动下，果业产业化水平全面提升。截至2012年，全县拥有果业面积50万亩，年产量60万吨，产值超12亿元，全县农村几乎家家户户都有果树，果业产业从业人员达22万人，占全县总人口的70%以上，占全县农村人口的80%以上，农民年收入的80%都来自果业，寻乌成为名副其实的果业大县，被誉为"中国蜜橘之乡""中国脐橙之乡"。果业还带动了房地产、汽车、家电、运输、服务行业的发展，形成了"果业兴则百业兴，果业衰则百业退"的经济格局。

天有不测风云。2013年，一场突如其来的柑橘黄龙病害给这个县的果业带来重创。

黄龙病被称为柑橘类果树"癌症"，发病快，传染性强。传病媒介为一种叫"木虱"的昆虫，病害引起叶片黄化、早落，有的根部腐烂，大量枝条枯死。发病幼树一两年死亡，挂果树三至五年枯死或丧失结果能力。扑灭木虱，挖除病树，是防治黄龙病的重要措施。为了全县的果树不至于"全军覆灭"，357万株染病的"摇钱树"被含泪砍掉了。

果树大面积倒下，寻乌的天似乎也要塌了。受此影响，全县全年果业生产总值减少3.2亿元，农民人均收入锐减了1441元，并由此引发一系列的连锁反应。

"后果业时代"的寻乌将何去何从呢？这直接关系到全县经济社会发展大局，自然成了这次寻乌再调查活动的一个重要调研课题。

王正中，时任寻乌县农粮局局长，是这一课题的领衔调研者。虽然长期在农村基层工作，且担任过两任乡镇长，但他仍感觉肩上的担子沉甸甸的，毕竟果业是全县的富民支柱产业，涉及面广，群众关注度高。

"我家十几亩果树都砍掉了，以后的日子怎么过？你可要帮我们想想办法。"

那天，王正中一个人开车来到留车镇。昔日绿意盎然的果园不见了，取而代之的是大片烟熏火燎后的荒地，以及父老乡亲的愁苦面容和近乎哀求的眼神。这里是他的家乡，也是寻乌县的果业大镇，属丘陵山区，十年九旱。相传明清时期，朝廷购置了大量水车帮助抗旱，旱情缓解后，水车本来是要运走的，当地村民跪求朝廷留下，以备来年之用，最后水车被全部留下，留车的地名即由此而来。

这些年来，留车镇几乎家家户户种果，人均果园面积近两亩。柑橘黄龙病使这里的果树一夜之间化为乌有。王正中迈着沉重的脚步，白天到废弃的果园里，实地调查黄龙病害情况，晚上去各家各户走访，了解果农所思所想，或主持召开座谈会，听取农户对农业产业结构调整的意见。

"以后柑橘是不能再种了，大家说说看，种什么作物好呢？"王正中开门见山，率先亮出了自己的观点。

"我不同意你的意见,我们是靠种柑橘起家的,不种柑橘,我们喝西北风呀。"

"是呀,我们种了几十年,好歹也懂技术了,怎么能说不种就不种了?"

座谈会现场立时炸了锅,昏暗的灯光下,果农们围坐在一起群情激昂,给了王正中一个下马威。

"过两年,清除了柑橘木虱以后,我还要种柑橘。"七十多岁的陈海清是留车镇族坑村人,他身子骨硬朗,2010年种了两百多株脐橙,眼看正值盛产期,却遭遇黄龙病害,一年三万元的收入化为泡影,三年来的汗水投入付之一炬。说起自己心爱的果园,老陈禁不住老泪纵横:"我本来指望今年多卖点钱盖房子,哪知道人算不如天算,老天爷,这黄龙病何时才能了断?"

望着眼前这位执拗的老农,王正中心里咯噔了一下,在他看来,调整产业结构,就是要换品种。而实际情况是,果业在寻乌惨淡经营了近五十年,形成了一个完整的产业链,并不是想换就能轻易换掉的。

"现在过渡时期可以改种花生、西瓜呀,不过政府最好能给点补助,每亩补助五十斤化肥也好啊。"果农陈泽锋想在果园里种花生,尽量弥补砍树的损失,却苦于没钱买肥料。

王正中不再吭声,更没有现场表态,他像是一个忠实的听众、一个勤奋的书记员,将果农们的意见建议原原本本地记录下来。

果业产业关联度高,涉及面广,牵一发而动全身。随后几天,王正中又走访了果业合作社、果品加工企业、果茶站等,征求方方面面的意见。

群众的意见是分散的、零碎的,甚至有可能是片面的、错误的。调查回来后,王正中带领课题组成员将这些意见梳理汇总,去粗取精,去伪存真，形成初步的调研报告，邀请市、县农技方面的专家进行反复论证。

从群众中来，到群众中去。调研报告多次返回到征求过意见的有关单位和群众中，先后修改了二十多次才最终定稿，提交县委、县政府。这一过程长达半年，不过，王正中的努力是值得的，调研报告提出的"柑橘为主，多元配套，规模经营，差异化扶持"的建议，被吸纳到《寻乌县关于优化农业产业结构促进现代农业发展意见》的政府文件中，为今后农业转型升级找到了正确路径。

陈泽锋把自家果园翻耕后种上了花生，每亩得到两百元钱的补助，正好够买种子和化肥，可谓解了燃眉之急。"有政府的扶持，我们以后的生活有指望了。这样的调查，我喜欢。"他一度阴云密布的脸上开始有了灿烂笑容。

"通过这次调查，我个人也是收获很大的。"王正中坦言，"原来总以为自己很内行，对农业情况很熟，而且站得高看得远，下去的时候喜欢带着自己的观点和调子，真正了解情况后才发现并不是这么一回事。毛主席说，群众是真正的英雄，看来，这句话一点都不假。"

七

八十余年弹指一挥间，八十余载沧海变桑田。

现在的寻乌已是今非昔比。不说政治生态、土地关系，单说县城人口、面积就发生了巨大变化。民国时期，寻乌县城很小，只有一条狭长的街道，当时流传着一句顺口溜："小小寻乌县，三家豆腐店。抽上一筒烟，也能走三圈。"如今，县城北拓南延东进，达10平方千米，扩大了近10倍，人口由当初的2700人增长到2012年的73500人。出口货物方面，《寻乌调查》记载，主要是米、茶、纸、木、香菇和茶油等六种。现如今，除了木材，寻乌蜜橘、澄江蜜李、竹笋等成为主要的出口商品。随着工业的发展、科技的进步，稀土资源被挖掘出来。现已探明寻乌稀土储量50多万吨，占全国轻稀土的80%以上，是世界上最大的离子吸附型稀土矿区，被誉为"稀土王国"，累计开采稀土5万吨，1985年至1989年共为国家创汇近4000万美元。

寻乌地理位置优越，居赣粤闽之要冲，交通畅塞决定了这个县的成败荣枯。20世纪30年代，寻乌还是贯通南北、连接赣粤闽的重要交通要道。水路顺寻乌水经澄江、吉潭、留车，进入广东龙川，直达惠州。陆路主要以石排下为中心，经会昌、安远到广东梅县、惠州的四条大路，另有几条通达本省定南，福建武平，广东平远、兴宁等地的小路。1949年后，特别是改革开放以来，寻乌的道路交通条件虽然得到较大改善，但除了一条206国道外，没有铁路，通往外省、市和其他县的公路均为二级及以下公路，道路等级低，昔日热闹繁荣的边贸县逐渐变得冷寂落后。近些年来，国家扶贫开发力度不断加大，特别是2012年《国务院关于支持赣南等原中央苏区振兴发展的若干意见》出台，寻乌迎来交通大发展。2013年瑞金—寻乌高速开通，另一条寻乌—全南高速也在加紧建设中，建成后前往福建海西经济区、广东珠三角经济区更加便利、更加直接，人流、物流、信息流、资金流有望往寻乌汇聚，三省通衢的地理位置再次显现，边远县将成为对接沿海发达地区的桥头堡。

"春风一吹百花香，人民做主把家当。治山治水搞建设，城镇乡村披新装。"八十余岁高龄的刘士炳唱起这首客家歌谣，心中洋溢着苦尽甘来的喜悦。作为寻乌调查对象的一个后代，他见证了寻乌的发展变化，享受着中国改革发展的成果。

当年为毛泽东《寻乌调查》提供材料并参加调查会的人中，九人在20世纪30年代就牺牲了。他们的后代大多无从查证，刘士炳的身份确认也是颇费周折。

刘士炳的父亲刘茂哉，是个老童生，开过赌场，做过小生意，原是小地主，后降为贫民。1928年参加过著名的寻乌"三二五"农民暴动，曾任区苏维埃委员、县苏维埃裁判部部长等职。1930年，毛泽东做寻乌调查时，他作为重点对象，提供了不少鲜活的商业知识。红军长征后，刘茂哉在当地坚持地下工作。1935年被捕，1936年被敌人用"催干粥"毒死于牢房。

刘茂哉牺牲时，刘士炳只有三岁。在那个战火纷飞的年代，他和六岁的哥哥刘保古跟着母亲流离失所，东躲西藏，万般无奈之时，通过会昌县一位亲戚牵线，刘士炳被卖到瑞金市谢坊镇一个农民家。

"我从小缺吃少穿，没读过书，十五岁学做木匠，什么苦都受过"，说到自己的过去，刘士炳声音哽咽。

穷人的孩子早当家，刘士炳长大后凭着自己的勤劳成家立业，生有四个儿子四个女儿，生活逐渐好转，而他的父母是谁，却无人告知。多少个不眠之夜，特别是到了万家团圆的中秋节、除夕夜，他举头问明月："我的父母双亲是谁？在哪？何以忍心抛弃我？"历经困难艰辛，他的心中已经没有怨恨，更多的是刻骨铭心的思念。

寻乌那边，大哥刘保古也一直没有放弃对弟弟的找寻。新中国成立后，他作为烈士后代被安排到寻乌县民政局上班。几经周折，他好不容易在会昌县找到了当初的买卖中间人，但对方顾虑重重，直到去世前才道出实情。于是在1971年3月，这对失散三十多年的兄弟才得以见面相认。

少小离家老大回，风雨过后见彩虹。1975年刘士炳从瑞金回到寻乌老家——留车镇飞龙村。作为烈士子女，他终于享受到了每月139

元的生活补助金。

远山含黛,近树鸣蝉。当我慕名找到刘士炳的家时,只见一栋外墙镶有瓷板的两层砖混小楼房矗立眼前,大门上贴着一副对联,上联为"谢好友谢亲朋合家谢党恩",下联为"新住房新生活一派新气象",横批为"共产党好"。

"我这一把老骨头了,还能住上新房,做梦也没想到呀!"刘士炳乐呵呵地说。因为有了国家四万元的补助,2013年他才下定决心把自己住了二十多年的破旧土坯房拆掉重建。

刘士炳身体硬朗,精神抖擞,说话声音洪亮,只是耳朵有些不听使唤。他还介绍说,他的大哥刘保古几年前去世了,儿女们有的在单位上班,有的干个体做生意,个个都有出息。

"我没见过爷爷,但他会激励我继续走寻乌调查这条路线。"说这话的是刘保古最小的儿子刘文丙,三十六岁,身材瘦小,却一直在农村基层摸爬滚打,时任寻乌县罗珊乡党委书记。作为寻乌调查对象的后代,刘文丙从懂事起就很关注这一历史事件,并从父辈讲述和史料记载中深入了解到这场调查的重大意义,在工作中更是自觉地坚持和弘扬实事求是、深入唯实的调查之风。他的最大体会是,"在工作推不开的时候走出去调查调查,可能就会找到解决问题的办法"。

八

调查就是解决问题,解决问题的答案写在广袤的大地上,打开真理之门的钥匙掌握在人民群众的手中。

"你们是真的征求意见,还是走过场?"寻乌县教育局副局长林晓东一行在调研幼儿学前教育这一课题时,有居民投来异样的目光,还有的干脆以没时间为由拒绝配合。也许对他们来说,这样的调查,有毕业的学生。土地革命胜利后，每个乡苏维埃政府至少办了一所列宁小学，学校及学生比旧时增多一倍。小孩子们说"若不是土地革命，我们没有书读"。

革命战争年代尚且重视教育，在和平发展时期，在知识爆炸的今天，教育的重要性不言而喻。

"寻乌落后，其中的重要原因是教育落后。我们要摆脱贫困，加快发展，关键在人才。培养人才，要从娃娃抓起。"这样高屋建瓴的话语，引起了大家的共鸣。

梳理分析群众的意见，提出科学合理的建议，一份可行性调研报告新鲜"出炉"了。将"老县委办公楼改造成公办幼儿园"的意见建议整理成工作意见，在当地有线电视台、党务公开网和手机报等媒体公示十五天，接受群众监督评议。

"干部会听取我们的意见，会想办法解决问题，说明他们的政绩观转变了，我觉得这点非常好。"

"现在干部作风更实在、更民主了，能为我们老百姓说话。"

不一样的调研态度和方法，在群众中激起强烈反响，他们通过打电话、发短信等方式，表达对寻乌再调查活动的由衷赞许。

群众满意是做好工作的原动力。调研报告经过公示评议后，县委、县政府领导班子召开会议集体讨论，很快转化为具体的决策部署。5月20日，幼儿园改建项目正式开工，9月建成开学，计划招生600人。这对于缓解群众反映强烈的"入园难"矛盾是立竿见影的。

"听不到真实的声音等于没有调查，片面的调查更害人。"前后两次调查活动，对林晓东内心的触动是最深的，"通过这次调查我们得出，要想找到实实在在解决问题的方法，唯一的出路就是深入基层，不能走过场，不能搞形式主义，一定要沉下身子，到基层去倾听群众的意见,了解实际情况,只有这样才能把调研报告搞实在,真正为县委、县政府的决策提供科学的依据。"

九

"没有调查,没有发言权""不作正确的调查,同样没有发言权"。针对以前调研过程中出现的这样那样的问题,寻乌县党员干部不回避、不掩饰,一边调研一边整改。

2014年6月20日至21日,在寻乌县财政局五楼会议室,县委常委领导班子成员进行了一次特殊的"赶考",考题是开好一个高质量的专题民主生活会。

"调研不主动,很少在乡镇(村居)开展蹲点调查,多以走访慰问代替调研,以电话代替见面。"

在省市有关领导和党员群众代表等"考官"面前,县委书记柯岩松首先代表县委常委班子做对照检查,着力查找"四风"方面存在的问题,调查研究不深入、效果不佳,作为官僚主义方面的具体表现被"晒"了出来。随后,班子成员逐一联系个人思想和工作开展自我批评,并虚心接受班子其他同志的批评。

"本人在寻乌工作虽然已3周年,但截至目前,寻乌179个村(居)中,仍有近30%没有去过。"

"有时只调不研,对调研得来的问题,没有分析研究,导致调研结果片面。"

"我曾带着办公室的同志下去调研过,一班人马大呼隆,接触的群众却不多,思想发动也不够,最终形成不了一套成熟的解决方案。"

……

以毛泽东寻乌调查为"镜",这些领导干部们查找到了调查研究方面存在的"四风"问题。不查不知道，一查吓一跳，随着职位越来越高，他们与群众的距离越来越远，对基层的了解越来越模糊，甚至忘了自己是怎么来的，当初为什么要出发，现在又要去往何方。

"没有站稳群众立场，宗旨意识有所淡化。"

"工作中忽视民生，作风不实。"

"政绩观有偏差，归根到底还是理想信念蒙上了灰尘。"

⋯⋯⋯⋯

如此真刀真枪、不留情面的批评与自我批评，如醍醐灌顶，如梦方醒，有的坐立不安，头都抬不起来，脸上火辣辣的，脑门上不知不觉沁出了汗珠。

对照毛泽东寻乌调查的唯实精神，反思是否存在只重形式不重内容的形式主义，促进实干兴县；对照寻乌调查的深入作风，反思是否存在脱离群众的官僚主义，促进作风改善；对照寻乌调查的工作方法，反思是否善走群众路线，促进能力提升。县委领导班子成员率先垂范，立行立改。他们围绕着如何加快寻乌发展，确保到2020年与全国同步进入全面小康这一重大现实课题，结合工作实际，深入农村、社区、企业一线，了解民情，听取民意，以干部作风的大转变促进干群关系的大改善。

一个个干部沉下去，一个个实情摸上来，一篇篇调研报告转化为促进寻乌经济社会发展的工作决策和政策措施。经过调研汇总、座谈论证，寻乌的"庐山真面目"更加清晰地浮现出来。寻乌近年来在经济社会发展方面取得了一定的成就，但欠发达、后发展的状况没有根本改变。受历史条件、基础条件、自然条件等因素的制约，其发展速度和发展质量还远远低于全国、全省和全市平均水平。2011年，全县财政总收入只有3.3亿元，分别仅占全市的1.83%、全省的0.2%；地方财政收入 2.12 亿元，财政总收入和地方财政收入总量均排在全省 100 个县（市、区）第 99 位，2300 元贫困线以下的农户还有 25726 户 106271 人，老区、边区贫困县的帽子还无法在短时间内甩掉。

事物总是一分为二的，并在不断的矛盾变化中向前发展，光明总会冲破黑暗抵达黎明。寻乌县资源丰富，物产多样，生态良好，全县森林覆盖率达 79.5%，后发优势明显。这是潜力所在、希望所在、活力所在。基于对县情更加全面、准确的认识和把握，新一届寻乌县委、县政府找准了制约全县发展的瓶颈，提出"抓改革、强产业、兴城镇、惠民生、转作风"的发展思路，确定了建设"活力、富裕、生态、和谐"寻乌的发展目标。

一条条意见提上来，一个个问题找出来，一个个民生问题得到积极回应，一件件好事实事累积成干群同心建设美好寻乌的磅礴力量。

寻乌县留车镇贵石村与广东省平远县交界，由于地处偏远山区，交通不便，多年来，村民用的是广东的个体小水电，电价高达 2.5 元一度，电压也不稳定，电压高时烧坏农户电器，低时饭煮得半生不熟。县乡两级一直想解决这个问题，但苦于没有项目资金，有心无力。省扶贫挂点领导了解到这一情况后，积极协调省市县有关部门，启动了农网改造项目，投入资金 442 万元，新建 10 千伏线路 13 公里，189 户 567 人从此告别了用电难的日子。

寻乌县农村贫困人口比重大。全县共有国家级重点扶贫村 40 个、省级重点扶贫村 42 个，65% 以上的贫困人口居住在偏远山区，27456 户困难群众还在土坯房中居住。在全面了解贫困人口现状的基础上，寻乌县出台了《2014 年扶贫攻坚行动计划》，采取基础设施帮扶、移民搬迁帮扶、产业帮扶、技能帮扶、互助资金帮扶等措施，确保在 2014 年末全县减少贫困人口 1 万人以上，2020 年达到绝对贫困基本消除的目标。

寻乌是东江源区县，稀土、果园的过度开发，造成水土流失和地表水质下降，有95个行政村、1025个村小组不通自来水，有21651户群众饮水达不到安全要求，县城出现了有钱人买"桶装水"，没钱人装"山泉水"，不要命的人喝"自来水"的现象。2014年6月，在广泛征求各方面意见建议的基础上，总投资超8亿多元的"引太入文"（从寻乌县水源乡太湖水库引水到文峰乡）建设项目作为全县"1号工程"，提上重要议事日程。8月，项目可行性研究报告通过专家审查，建成后可解决18.77万人的生活用水需求。

带着问题下去，找准原因上来；带着课题下去，形成思路上来。寻乌再调查活动开展以来，全县访问群众3.7万人次，召开座谈会1049次，收集意见建议27324条，对梳理出的212条建议和意见进行交办，干部作风转变了，思想认识提高了。

"真正来说，很多智慧是在群众中间，所以我们要多深入到群众中，这样我们制定的政策措施才能更有针对性。"寻乌县委副书记邓旺华如是说。

"开展调查研究工作，首先要对群众怀着深厚的感情，群众才能把真心话说出来。"寻乌县政协副主席黄世标深有感触地说。

寻乌再调查，相比于几十年前的寻乌调查，背景不同，对象不同，内容不同，却在时空的转换中，延续着实事求是的思想路线，传承着从群众中来、到群众中去的工作路线，践行着全心全意为人民服务的宗旨。

时代在发展，社会在变化，调查研究是我们认识和改造客观世界、以不变应万变的有力武器。毛泽东同志指出："今天需要我们调查，将来我们的儿子、孙子，也要作调查，然后，才能不断地认识新的事物，获得新的知识。"

寻乌再调查，它所承载的不仅是问题的解决，而且是党的"红色基因"在当代的一种精神传承。寻乌县委书记柯岩松表示："我们将在今后的工作过程中推进寻乌再调查的制度化、长效化、常态化、规范化，要通过制度的建设来使寻乌再调查成为干部的思想自觉、行动自觉。"

夏日初起，霞光万丈。伫立马蹄岗，嗒嗒的蹄声早已远去，唯见寻乌河波光粼粼，它以亘古不变的方式，从历史的深处涌出，向远方的未来流去。

寻乌再调查，永远在路上。

本文载于《中国报告文学》杂志 2015 年第 11 期、
《党史文苑》杂志 2023 年第 4 期、中国人民大学
书报资料中心《马克思主义文摘》杂志 2023 年第 4 期

风起长冈

"苏区干部好作风,自带干粮去办公;日着草鞋干革命,夜走山路访贫农。"这首兴国山歌脍炙人口,至今广为流传,它最早就是从长冈乡传出来的。

这是一片红色沃土。在那个血与火的年代,长冈乡有5000多人参军参战,有姓名可考的革命烈士1518名,走出了7位共和国开国将军。1933年11月中旬,毛泽东来到长冈乡开展调查研究,称赞这里的干部创造了"第一等的工作",堪为"苏维埃工作的模范"。

九十年斗转星移,调查研究这个"传家宝"被一代又一代中国共产党人传承下来,在新时代愈发熠熠生辉。乘着全党大兴调查研究的东风,我追寻伟人的足迹,行走在当年的苏区模范乡,发觉这里的山更绿、水更清,一草一木都焕发出勃勃生机。

朴素的思想宝库

从赣州出发,走兴赣高速,86公里,大约1小时的车程,一下高速就到了长冈乡长冈村。

在进村道路右边的田塍上，竖立的一排红色大字分外耀眼——"要造成几千个长冈乡，几十个兴国县"，它出自毛泽东在第二次全国苏维埃代表大会上的讲话，目的在于选树典型、推广经验。

历史的荣光催促奋进的步伐。再往前走几十米，就是著名的长冈乡调查纪念馆，一栋白墙灰瓦的平房，掩映在一片高耸入云的翠柏之中，大门两边写了两列毛体字——"关心群众生活，注意工作方法"。拾级而上，迎面就看到一个大型雕塑：毛主席在田间地头做调查，他侧身坐在几个农民中间，与群众亲切交谈，神情真诚而又谦和。

该纪念馆占地7028平方米，始建于1976年，2008年重新修缮和布展，2019年又进行了改造提升，现有7个展厅，以大量历史照片和实物，展陈毛主席调查研究的思想与方法、做长冈乡调查、总结乡苏工作经验等内容。

纪念馆的讲解员娓娓道来，为我们拨开毛主席长冈乡调查的历史烟云。

1933年9月，蒋介石纠集100万军队，向中央革命根据地发动了规模空前的第五次"围剿"，苏维埃共和国处于最危急的关头。在"一切为了战争，一切为了支援前线"的"左"倾教条主义口号下，有些地方的苏维埃政府把革命战争与经济建设、扩大红军与关心群众生活对立起来，出现敷衍塞责、强迫命令的严重错误。如汀州市政府只讨论扩大红军和动员运输队，而对群众没柴烧、没房住、没盐买等实际困难不问不顾，导致工农代表会议没人来参加，最后会议也开不了。而在万泰县，干部强行摊派任务，出现部分群众不堪重负逃到白区的事件。

毛泽东心急如焚，作为中华苏维埃共和国临时中央政府主席，他关心党和红军的前途命运，坚信中国革命的胜利要靠"中国同志了解中国情况"，于是决定迈开步子，以自己常用的调查研究手段，走村串户"解剖麻雀"，拿活的榜样反对官僚主义，解决农村革命根据地建设中碰到的一系列困难问题。

1933年11月间，毛泽东率领临时中央政府检查团从瑞金来到兴国，一头扎进长冈乡开展了一周左右的调查研究，全面了解基层政权建设，特别是支前扩红、筹粮筹款等情况，写下2万余字的调查报告《长冈乡调查》（原题为《乡苏工作的模范——长冈乡》。1934年1月，这份调查报告印发给参加第二次全国苏维埃代表大会的代表，号召各地学习推广。

据《长冈乡调查》记载，苏区时期，长冈乡的政治、经济、文化、教育等多项工作走在前列。如代表会议的常委会、值日代表、代表领导居民、检查制度等，都是别的地方可学习的。又如，5456元的公债推销任务，全是在会场认购，全不按家去销，全是宣传鼓动，全不强迫摊派，只用了15天时间就认购完。相比之下，"别乡则有销数比长冈乡少至五倍六倍，反而在强迫摊派，销了两三个月还不能结束者，拿了同长冈乡对照，真是一个天上，一个地下"。

长冈乡的工作为什么能够做得这么好呢？经过调查研究，毛泽东总结出了三条先进经验，即密切联系群众、关心群众生活、注意工作方法。

由于连年战争，粮食产量下降，1932年长冈乡有80%的群众缺粮断炊，乡苏政府向东固、沙村、富田、水南等很远地方办米，帮助群众挨过春荒。此外，苏区干部还组织劳动互助社和互济会优待红军家属、帮助孤老。

毛泽东将这些关心爱护群众的事情一一记录下来，并深有感触地指出:"只有苏维埃用尽它的一切努力解决了群众的问题,切切实实改良了群众的生活,取得了群众对于苏维埃的信仰,才能动员广大群众加入红军,帮助战争,为粉碎敌人的'围剿'而斗争。"

中央苏区时期,毛泽东开展了大量的农村社会调查,长冈乡调查是在中国共产党实现局部执政后,围绕如何团结动员群众巩固红色政权而展开的,重点是反对官僚主义,反对脱离群众。而他深入基层开展调查研究,就是转变工作作风、密切联系群众的具体行动,为后来者树立了光辉榜样。

纪念馆展陈的形式虽然有些单一,手段也较为传统,但其展陈内容到现在仍有着重大而深远的现实意义。特别是今年,中共中央办公厅印发文件,在全党大兴调查研究之风,前来参观学习的人络绎不绝,仅上半年就有 1151 批次 6 万多人,比去年同期增长 50%。

这是一个调查研究的思想宝库,也是一座干群连心的历史丰碑。长冈乡调查纪念馆及其旧址,早在 2001 年就被列为全国爱国主义教育示范基地,2006 年被列为全国重点文物保护单位,它散发的思想光芒,照耀着我们前行的路。

谢家兄弟的传承

走出纪念馆,沿着一条高低起伏的林荫小道,就来到了长冈村委会驻地,树木郁郁葱葱,路面干净整洁,房屋整齐排列,一幅美丽乡村画卷映入眼帘。

在村部会议室,我见到谢昌荣。他是曾经创造了"第一等的工作"的长冈乡苏维埃政府主席谢昌宝的堂弟,身穿蓝色短袖衬衫,脚蹬一双拖鞋,瘦黑的脸上满是皱纹,虽然年过古稀,但耳聪目明、精神矍铄。

谢昌荣讲述了自己的家事。他的祖上是清代从广东梅州迁到这里的，生活十分贫苦。堂哥谢昌宝生于1910年，18岁参加农协组织，由于他聪明活泼，工作出色，很快当上村农协主席，21岁当选中华苏维埃第一次全国代表大会代表，见证了中国共产党第一个局部执政的红色政权在瑞金诞生。

谢昌宝身材高大，有1.78米的个头，处事果断，走起路来两腿生风。听上辈人讲，一次村里办庙会，他与被称为"铁脚将军"的温玉成赛跑，在一条公狗的尾巴上绑上鞭炮，然后点燃，狗受惊吓拼命向前跑，两个人撒腿追，居然都跑赢了那条狗。

1933年秋，谢昌宝担任长冈乡苏维埃政府主席，创新工作方法，开展"党员十带头""星期六优待红军家属义务劳动日"等评比竞赛活动。党员干部在政治学习、军事训练、执行勤务、参军参战、遵纪守法、购买公债、节省粮食、发展生产、移风易俗、优待红属等十个方面带头示范，发挥着先锋模范作用。

第五次反"围剿"战事紧张，党中央发出"扩大百万铁的红军"号召，谢昌宝积极响应。他发挥自己能唱山歌会演戏的特长，走到哪里就宣传发动到哪里，仅4天时间就送了139人参加红军，夺得全县"扩红"第一名，"一首山歌三个师"的美名在苏区广为传颂。

谢昌宝与毛泽东交往较多。1933年11月18日，他到瑞金向毛泽东汇报工作，详细介绍乡里的情况，之后又协助毛泽东开展实地调查。1934年，他出席第二次全国工农兵代表大会，并从毛泽东等领导手中领受临时中央政府颁发的"乡苏工作的模范"奖旗。

红军长征后，谢昌宝留在地方坚持游击战争，因叛徒告密不幸被捕。面对敌人的威逼利诱、严刑拷打，谢昌宝始终坚贞不屈、视死如归。暴徒气急败坏，割掉了他的耳朵，还用刺刀在他身上刺了

20多刀。即便如此,谢昌宝在生命的最后一刻,仍然高呼"消灭国民党""共产党万岁",牺牲时年仅24岁。

谢昌荣是从小听着堂哥的故事长大的。他5岁时失去父亲,11岁时母亲改嫁,留下他和弟弟相依为命。谢昌宝牺牲太早,没有留下后人,他的一个姐姐三个妹妹又都嫁到了外地。20世纪70年代,全国盛行"忆苦思甜",许多外地人前来参观学习,谢昌荣经常被安排做讲解员,介绍谢昌宝的革命事迹。13岁时,谢昌荣被安排到生产队当记分员,后任民兵营营长,又当上了村支书。

以堂哥为榜样,谢昌荣在村支书任上干得有声有色,组织群众开发果园,带领党员干部开凿灵山水库排洪道,带头在风化的页岩上种植美国松,让170亩荒山披上绿装。遇到困难家庭,谢昌荣经常自掏腰包济贫救困。除了给村里的特困户送大米外,他还让揭不开锅的乡亲们到家里过年。那些年,村党支部先后被评为全县、全省先进基层党组织,他也多次获得先进党务工作者的荣誉称号。

谢昌荣生了两个儿子,早已成家立业,如今都在村里建了小洋楼,而谢昌荣依然住在自己30年前盖的平房里,与老伴一起生活,种了5亩水稻,还养了鸡鸭,自给自足,自得其乐。问起他有什么愿望,谢昌荣说念念不忘的是堂哥谢昌宝。他希望在党委、政府的关心指导下,将倒塌了的谢昌宝旧居修复好,将其生平事迹挖掘宣传好,让苏区精神更好地传之久远。

继母子的感恩

长冈村是中央苏区时期长冈乡苏维埃政府所在地,当年毛泽东做调查主要在这一带活动,至今仍保留有不少旧址遗迹,长冈列宁小学就是其中一个。

那是一栋低矮的土坯房，建于民国初年，原为民用私宅，1930年改建为苏区列宁小学。从大门进去，左边有一个厢房，是教师办公、住宿的地方。径直往里走，就是一个简陋的教室，光线有些昏暗，整齐摆放着几十张单人桌凳，拉开抽屉，发现木板上写有"向长冈人民学习""永远忠于毛主席"等留言，落款时间主要在1969年至1979年之间。

来此参观学习的人，都会听到这么一个故事。

一天晚上，就在这间教室里，毛泽东组织召开乡苏工作情况调查座谈会。小学教员邹朋发的妻子刘长秀忙前忙后，上前添灯油，给大家端茶倒水，毛泽东就顺便问她对长冈乡工作的意见。

这位妇女非常朴实，不假思索地回答道："蛮好，没田给我分田，没房子给我分房子，没老公还给我找老公呢。"

原来，刘长秀是一个寡妇，她的前夫参加红军，牺牲在战场上，留下她和一男两女三个未成年孩子艰难度日。作为红军烈属，乡苏政府对她家特别照顾，不仅分田分地，缺粮时送米慰问，孩子生疖子，还及时送医送药。尽管如此，刘长秀心中还是闷闷不乐。

乡苏干部几次三番找她谈话，鼓励她有什么困难尽管说。刘长秀欲言又止，低头沉思良久才嘟囔道："我一个人带着三个孩子，耕田照顾不了孩子，带孩子又荒废了田。"

乡苏干部一听醍醐灌顶，她家最缺的是劳动力！可是长冈乡80%以上的青壮年都参加红军去了，去哪里找男人呢？

办法总比困难多，本乡没有，就去外地找。也是机缘巧合，正好遇见一个外乡人邹朋发，乡苏干部就劝他："来长冈吧！我们给你分田分地分房，还帮你找工作。"邹朋发很快被说动了，在列宁小学当了教员，后来又与刘长秀结为夫妻。

邹朋发比刘长秀小8岁，两人组建革命家庭后生活美满，刘长秀非常满意。面对毛主席的提问，她脱口而出，说了前面这番话，并由衷赞叹道："共产党真正好，什么事情都替我们想到了！"

毛泽东听后开怀大笑，并把这句话一字不漏地记录了下来，评价道："模范的长冈乡工作人员，可尊敬的长冈乡工作人员！他们得到了广大群众的真心实意的爱戴，他们的战争动员的号召得到广大群众的拥护。"

老百姓是最懂得感恩的。1934年，中央苏区第五次反"围剿"战事吃紧，长冈乡再次"扩红"，刘长秀毅然动员丈夫和唯一的儿子上前线，最后都没有活着回来。刘长秀又成了红军遗孀。她忍辱负重，熬过最黑暗的日子，迎来翻身做主人的幸福时光。为了不让烈士无后，政府出面给她过继了一个儿子，取名邹成材。1961年，刘长秀安详离世，享年79岁。

邹成材生了两个儿子两个女儿，如今孙辈也都长大成人，有个孙子去年大专毕业后应征入伍，报效祖国。邹成材也80岁了，但身体依然强健，作为烈士遗属，他每个月能领到600元抚恤金，还和老伴一起享受低保，但他们并没有躺在功劳簿上养尊处优，每天都下地干活，种了蔬菜拿到市场上去卖。

"感谢共产党，村里的干部对我们很好，有什么困难，打个电话就过来了。"邹成材说的这句话，与继母刘长秀如出一辙。

品字形的房子

在长冈村马屋小组，有三栋房子很是特别。它们大小不一、高矮有别，呈品字形排列，默默讲述着一段不平凡的往事，值得人们细细品味。

那栋一人多高的土砖瓦房，建于1933年，占地面积30平方米。房子的主人叫马荣海，雇农出身，曾任地下秘密交通员。乡苏政府成立后，分给他两间茅草房，没想到儿子马兰章在灶下玩火，不小心引发火灾，烧毁了房子，一家六口哭哭啼啼，不知道去哪安身。

乡苏主席谢昌宝听闻此事，立马通过互济会捐钱，带着一伙干部和群众，扛着木料，挑着砖瓦，拿着斧锯泥刀，七手八脚地帮忙盖新房。只用了三天时间，就把两间新瓦房盖好了，连饭都没吃一餐就走了。

马荣海一家因祸得福，感激万分，逢人便说："苏维埃政府真是好，照顾我们真周到。"

毛泽东在做长冈乡调查时，看到这两间新瓦房，了解到事情的原委后，高兴地对谢昌宝连声夸赞："你们这样的政府，是真正模范的乡苏政府。"

干部爱群众，群众护政府。马荣海先后把他的两个儿子送去当红军。大儿子马兰章，在战斗中负伤，回乡后担任贫农协会主席。小儿子马桂章参加了长征，牺牲在贵州遵义，年仅20岁。

新中国成立后，老马家扬眉吐气，人丁兴旺，分到了一栋地主家的房子。感恩党的好政策，马荣海的孙子马光松初中毕业后应征入伍，当上了解放军某部排长，后退伍转业到地方工作。1982年，马光松拆掉地主家的老房子，在原地建起一栋两层小楼。这个房子有100平方米，一厅四室，外墙用青砖砌成，里面是土砖，俗称"金包银"，住房条件得到极大改善。

时间到了20世纪90年代，马家的第四代长大成人。马光松的大儿子马辉云大学毕业后在一所乡村中学教书，住在县城。小儿子马辉志勤劳致富，买了一辆耕田机，以帮别人耕田为生，妻子勤俭持家，家底愈加殷实。

1999年,马辉志在两栋老房子的边上又盖起了属于自己的一层平房,面积160多平方米。之后,夫妻俩先后到广东制衣厂打工,2008年将一层平房加盖到三层,像一头雄狮高踞在村头。

2012年,国务院出台政策,扶持赣南等原中央苏区振兴发展,对建房户给予1平方米6元的外墙装修补贴。马辉志趁机给三层小洋楼"穿衣戴帽",外墙贴上瓷板,屋顶盖上琉璃瓦,屋内粉刷一新,并添置了冰箱、空调、洗衣机、煤气灶等家电,小平房变成了乡间大别墅,不仅看上去美观,住起来也很舒坦。

芝麻开花节节高。前几年,长冈村大多数家庭都开上了小汽车,马家的年轻一辈也想买一辆,可是那栋老旧土坯房堵在那里,车子根本开不进去。有人提议把它拆掉,马辉志的妻子曹承凤一听,立马反对,说这不是简单的房子,而是苏区干部关心马家的见证。

一层土坯房、两层青砖房、三层小楼房,这道独特景观如今成了当地红色旅游的参观点,也成为党员干部教育培训的现场教学点,越来越多的人慕名前来。马家人当起了义务讲解员,当有人问及土坯房还拆不拆时,得到的回答是:"老房子里有马家的记忆,也有党的恩情,我们会把它当作传家宝,一直珍存下去。"

最美的巾帼红

初夏时节,长冈村的田野绿意盎然,稻浪翻滚,时有白鹭在田畴间翩翩起舞。

沿着毛泽东做长冈乡调查的线路,我来到樟树塘小桥。当年仅容一人侧着身子、横着步子提心吊胆走过去的木板桥,早已不见踪影,取而代之的是一座宽厚结实的水泥桥,桥的两边还浇筑了水泥护栏。

群众利益无小事，一枝一叶总关情。毛泽东做完调查回到瑞金后，对樟树塘小桥念兹在兹，特意写信给长冈乡苏干部，询问小桥修好了没有。在1934年1月召开的"二苏"大会上，他还举了这个例子："对面的木桥太小会跌到行人，要不要修理一下呢？"得知毛主席把这么一件小事挂在心头，长冈乡的群众很是感动，于是把这座桥称为干部与群众的"连心桥"。

桥边那棵古樟树有247岁的树龄，至今依然枝繁叶茂，树上挂着的一块石碑告诉人们，这座桥先后修缮、重建过3次，从最早乡苏干部修缮的木桥，到20世纪70年代村民捐工捐料，用红石修建的石拱桥，再到2019年建成的这座长16米、宽6米的混凝土结构平板桥。桥的结构在变化，但党员干部密切联系群众的作风没有变，为群众谋幸福的初心没有变。

过了樟树塘小桥，就看到一大片稻田，田边立着一个雕像：一头牛戴着轭奋力向前，低头向左，身子右倾，显得非常顺从和卖力，后边则是一位妇女面带微笑从容扶犁。

这个雕像也是有来历的。妇女名叫李玉英，长冈乡苏政府的妇女主任，也是全乡第一个女犁田能手、代耕队长。

男耕女织是中国几千年的传统习惯，苏区时期，长冈乡的后生80%都当红军去了，后方劳动力缺乏，土地没人耕作，濒临荒芜。在讨论春耕的会议上，李玉英郑重提出："我们妇女学犁耙技术吧。"此话一出，就遭到一些老人的反对，说什么女人学犁，会遭雷劈，而且田里也长不出谷子来。世上只有公鸡打鸣，哪有牝鸡司晨？

李玉英不信这个邪，都什么年代了，还看不起女人？她率领几个妇女骨干，卷起裤腿，踏进早春冰冷的水田里，学习起犁田和耙田技术。

刚开始，这牛也欺生，看到是女人，故意使性子，不听使唤。一牵牛绳，就鼓起眼珠不走，一抽鞭子则拼命挣扎，左冲右突。李玉英控制不住，牛绳都拉断了几根，还折断了一张新犁，引得众人哄笑。但她没有放弃，继续练习，渐渐摸清了牛的脾气，或许是牛被她的执着所感动，顺从了她，她终于学会了犁耙技术。

李玉英的模范行动，引得全乡妇女纷纷效仿，很快就有100多名妇女学会了犁耙技术。乡苏政府因势利导，组织妇女耕田队，组建犁牛合作社，全乡的春耕生产、秋收冬种搞得热火朝天。长冈乡的妇女一边在田野劳动，一边愉快地唱起了新编的山歌：

> 哎呀哩，
> 春风吹来百花鲜，
> 长冈妇女会犁田。
> 三犁二耙都做到，
> 多打粮食送前线。

田间劳动，妇女唱主角，长冈乡一举夺得全县春耕生产劳动竞赛第一名。粮食喜获丰收，大家都有饭吃，曾经说三道四、嘲讽妇女学犁耙的一些人也转变了态度，不由感叹道："革命来了大变样，剪头妇女会犁田。"

在长冈乡调查期间，毛泽东特意找到李玉英，关切地问她："妇女干重体力劳动，身体吃得消吗？"李玉英欢快地回答："天地间，人最灵，男和女，都是人，功夫靠练，功多业熟，身体习惯了，就吃得消。"

毛泽东对李玉英竖起大拇指，说这个头带得好，给苏区妇女长了志气。回到瑞金后，他奖励长冈妇女耕田队两头牛和一批绣了五角星的围裙。在《长冈乡调查》中，毛泽东写道："长冈乡扩大红军如此之多，生产不减少，反增加了，即因为他们把这个问题很好地解决了。"

妇女得解放，能顶半边天。在此后的支前参战、生产生活中，巾帼不让须眉，她们的潜力和干劲被空前地激发出来，发挥着不可替代的重要作用。

江山代有才人出。进入新时代，长冈乡妇女意气风发，在乡村振兴的道路上再领风骚。

钟小玲，长冈乡塘石村妇联主席，身材瘦小，说话干脆利落，做事风风火火。她主管全村妇女儿童工作，兼做文化宣传、乡风文明、纪检、卫生保洁、农村医疗等多项工作，还包片管理5个组300户700多人，工作繁杂，包罗万象。用她自己的话来说，就是上级有100个部门，村里就有100件事情要做。钟小玲骑着电动车走村串户，每天风里来雨里去，忙得像陀螺一样转个不停。

说起来，钟小玲干妇女工作有些阴差阳错。她1963年出生于妇女干部之家，外婆是苏区时期的乡妇女主席，母亲当了21年的村妇女主任，被评为全省"三八红旗手"。她从小看到妈妈起早贪黑干工作，家里的事一点也顾不到，叠衣服、包粽子等都是爸爸教会的。让她印象深刻的是，大年三十，家家户户都在放鞭炮吃团圆饭，一家人却还在眼巴巴等着妈妈回来。钟小玲也曾怪罪妈妈，表示自己今后不要当村干部。没想到，2006年，在村小学任代课老师的她被群众选为村妇女主任，从此一干就是17年，把青春、智慧、汗水和热爱都奉献给了妇女事业。

塘石村是个千年古村，有28个村民小组5477人，由于半数以上的青壮年外出打工，留在村里的主要是妇女、老人和孩子，农田的耕作是个难题。钟小玲不厌其烦地上门做工作，将没有劳动力耕种的农田流转给大户，推广农业机械化，帮助申请农机补助和水稻种植奖补。她还组建"巾帼志愿服务队"，每到农忙季节，自己带头下田抛秧施肥，带动妇女同胞互帮互助，全村3700多亩农田无一撂荒。

行走在塘石村，道路宽阔，屋舍俨然，环境整洁，文明新风扑面而来，描绘这一乡村振兴优美画卷的，少不了钟小玲那双粗糙长茧的手。她组织开展"赣南新妇女运动"，创办小学生"四点半课堂"，开办"孝老食堂"，还在全县第一个试点推行新时代文明实践"幸福卡"家庭积分制度，将村民日常劳动生活、参与乡村振兴的种种行为量化为分数。比如：养殖鸡鸭鹅兔等10只以上的，每只积1分，每年100分封顶，但如果鸡鸭不圈养，影响环境卫生的则要扣20分；参加集体婚礼、参与公益活动一次可加20分，要高价彩礼、不赡养老人则要扣50分，如果哪家有人违法犯罪的，积分全部清零。

钟小玲手持小喇叭，走到哪里就把"幸福卡"的积分细则宣传到哪里。她不怕得罪人，每个月雷打不动地带着妇女小组长挨家挨户检查卫生，看到哪里人居环境整治不到位，就当面指出，督促整改，并将卫生评比情况张榜公布出来，评为清洁家庭的一次性积200分。

文明新风，润物无声。家庭积分制度推行后，渐渐地，村里的陈规陋习减少了，垃圾分类、光盘行动等文明时尚蔚然成风。因此，塘石村先后获得"全国妇联基层组织建设示范村""江西省巾帼示范村""江西省示范妇女儿童之家"等荣誉称号。钟小玲也被评为赣州市十佳基层妇代会主任、优秀妇代会主任，成为塘石村一抹最美的巾帼红。

红色治理的密码

长冈乡毗邻县城，兴赣高速公路纵贯南北，正在实施的瑞兴于快速交通走廊项目横穿东西，交通便利，区位优势明显。全乡有13个行政村，总人口50433人，与90年前毛泽东做调查时的4个村1785人相比，管辖范围大，人口增长多，经济活跃，但社情民意也更为复杂，农业生产、建房修路、生活琐事等引发的矛盾纠纷时有发生，基层治理的难度也在加大。

征地拆迁被称为"天下第一难事"。合富村白坑村小组的公路要从原来的3.5米拓宽到5米，征地的事落到了"90后"村干部江华头上。

江华的曾祖父江善忠，是一位赫赫有名的革命烈士，曾任江西省苏维埃政府裁判部部长，红军长征后留在地方坚持游击战争。当年，为了给伤病员转移赢得时间，江善忠将敌人引到三面绝壁的棒槌峰，子弹打完后拒不投降，咬破手指在褂子上写下血书——"死到阴间不反水，保护共产党万万年"，跳下悬崖壮烈牺牲。

江善忠的革命事迹感人至深，江华听到很多，但也只是听听而已，总觉得与自己隔得太远。初中毕业后，他搞过货运，卖过衣服，也开过餐馆，但从没想过去当村干部。2019年，反映江善忠革命事迹的微电影《万万年》在村里取景拍摄，江华有幸参演江善忠的警卫员。第一次爬上家乡的棒槌峰，站在山顶往下一望，顿感头昏目眩，双腿发软，第一次近距离感悟到曾祖父的英雄壮举和崇高精神，心灵受到震撼，江华萌生了到村里上班为村民服务的想法。

江华先是担任乡村振兴信息员，兼做矛盾纠纷调解工作。去往他家的那条 3.5 米宽的道路要拓宽改造，江华带头示范，说服父母不要征地补偿费，其他村民也表示支持，唯有一对年过古稀的夫妻提出反对意见，理由是他们的儿子在外工作，很少走这条路，并将矛头指向江华，心生愤恨。

江华有苦难言，但他没有计较这些。道路施工，正逢雨季，沟渠被堵，稻田被淹，江华与施工方交涉，帮助包括这对夫妇在内的村民获得补偿，大家都说这个后生好，把百姓利益放在心上。眼见修好的水泥路给生产生活带来诸多便利，老人感受到了实实在在的好处，最终理解了江华的所作所为。现在他们看到了江华，都会主动打招呼，村里有什么事需村民配合，只要江华一开口，老两口都爽快答应、全力支持。

江华性格开朗，头脑活络，作为著名革命烈士的后代，他自带光环，干起工作来，既有压力，也有动力。压力是必须正派公道，不能给曾祖父丢脸；动力是人们对他另眼相看、厚爱有加，"人家太爷为了革命胜利连命都没了，这个面子还不能给吗？"就这么一句话，有时让陷入僵局的调解柳暗花明。正因为如此，有些棘手的问题，到了江华手上却能迎刃而解。

"万事和为贵，有理让三分"是江华的口头禅。调解纠纷要因人而异，不仅要用法律法规来教育人，还要用道德风俗来说服人，这是他总结出来的方法。2021 年，乡里成立"江华工作室"，慕名来找他办事的村民络绎不绝，江华成为远近闻名的"红色调解员"。

长冈乡的党员干部把办公室搬到农户家门口，一张桌子，几条板凳，一壶热茶，唠家常、问冷暖，再现干群鱼水情。长冈乡因此被评为"平安江西建设示范乡镇"，长冈派出所被授予全国"枫桥式公安派出所"荣誉称号。

在绿树掩映中，一栋两层楼的房子里传来欢声笑语，走近一看是个"红色农庄"，一群游客正在那里喝茶聊天。

农庄的老板谢芬林是长冈村人，早年一直在广东打工，看到村里红色旅游日渐红火，2014年毅然返乡创业，开起了农家乐。餐馆的房子是已故老红军钟发镇居住过的，而他的太爷谢凤招当年也参加了红军，38岁就牺牲在长征路上，于是餐馆取名为"红色农庄"，意在不忘前辈先烈，弘扬苏区精神。

"四星望月"是餐馆的主打菜，说起这一菜名还有一个红色典故。1929年，毛泽东率领红四军从井冈山突围来到兴国，当地党组织负责人陈奇涵、胡灿等人请他吃饭，桌上油炸花生米、竹笋炒肉和炒鸡蛋等四碟小菜围着一个竹蒸笼。毛泽东吃得满头大汗，便问这道菜叫什么名字，当得知还没有名字时，便即兴起名为"四星望月"。从此，这道客家菜肴声名远播，载入了中国名菜谱，还走上了中南海的国宴。

为体现餐馆的特色，谢芬林和妻子还和村里1000亩的稻虾养殖基地对接，收购鲜活的清水龙虾，烹制麻辣小龙虾等招牌特色菜，许多食客慕名而来。

"现在来村里参观学习、休闲旅游的人越来越多，农家乐的生意也越来越好了，一年的营业额最多有五六十万呢！"说起乡村振兴给自家带来的变化，谢芬林的喜悦之情溢于言表。

红色资源活起来，红色乡村富起来。长冈村支书廖明介绍说，近几年，乘着建设美丽乡村的东风，长冈村在赣州市委宣传部、市军分区挂点帮扶下，实施了环村路白改黑工程，对毛泽东做长冈乡调查的"一馆三址五点"等旧址遗迹进行改造提升，深入发掘红色文化，开发红培研学课程，打造精品线路，走出了一条红色引领、产业发展、群众致富的新路子，被评定为全国红色美丽村庄和"十四五"省级乡村振兴示范点。

硝烟散去，精神永存。苏区时期，长冈乡创造了"第一等的工作"，涌现出了自带干粮去办公的模范县委书记谢名仁，救济了乡亲、饿晕了自己的村主任彭国亮，不领工薪的消费合作社红色商人李奎应等先进典型。近些年，长冈乡将革命优良传统发扬光大，推行党员干部"新十带头"，即在解放思想、坚定信念、学习提高、服务群众、推动发展、促进和谐、实干担当、遵纪守法、弘扬正气、争创佳绩等十个方面作示范、勇争先，出现了龚全珍式的好干部谢爱民、勇救落水儿童的好公民万秀球等榜样。

如今的长冈乡政通人和，产业蓬勃发展，已建成3000亩脐橙产业基地、1200余亩集中连片蔬菜基地，形成烟叶种植、特色水果种植等特色产业格局。2022年，全乡13个村集体经济收入总额突破了600万元。

红色是长冈乡最亮丽的颜色，红色治理蕴含着巨大的能量，放射出璀璨的光芒。从"自带干粮去办公"到"我为群众办实事"，在时光流转中，苏区干部好作风、调查研究的法宝得到传承发扬。

长冈，这个红军乡、烈士乡、将军乡，正以崭新的姿态，意气风发地奔走在乡村振兴的征程上，不断创造新时期"第一等的工作"。

和风吹拂，绿影婆娑，感觉这里的每一口空气都是清爽甘甜的，沁人心脾。

本文载于《赣南日报》2023年11月15日、
《江西政协报》11月24日

红军长征前的绝密行动

长征，是人类历史上的伟大奇迹，也是中国共产党绝地求生的伟大壮举。1934 年 10 月，8.6 万余中央红军主力实行战略大转移，这一重大决策是怎么做出来的？如此重大的军事行动，为什么国民党军在一个月后才发现？这得益于党和红军的一系列绝密行动。

最高"三人团"密议

江南的 4 月，本是阳光明媚、春花烂漫的时节。而在 1934 年，江西南部的红都瑞金却是阴云密布，空气里弥漫着悲凉的气氛。由于当时的临时中共中央主要负责人博古和军事顾问李德抛弃毛泽东积极防御的军事方针与机动灵活的战略战术，犯了"左"倾教条主义和冒险主义错误，致使第五次反"围剿"节节失利，红军遭受重大伤亡，中央苏区丧失殆尽。

4 月下旬和 5 月上旬，中央苏区"北大门"广昌和"南大门"会昌筠门岭相继失守，红军在苏区内粉碎敌人"围剿"的希望完全破灭，如果不及时突围的话，将有全军覆没的危险。

5月下旬，中共中央召开书记处会议，提出红军主力撤离中央苏区、实行战略转移的设想。当时的中国共产党还是共产国际的一个支部，如此重大的决策必须电告共产国际，获得批准后才能付诸实施。6月底，共产国际复电中共中央："这惟一的只是为了保存活的力量，以免遭受敌人可能的打击……"随后成立由博古、李德、周恩来组成的最高"三人团"，政治上由博古做主，军事上由李德做主，周恩来负责督促军事计划的实施，其他人都无权过问此事。在极其严格的保密状态下，"三人团"制定了10月底11月初从中央苏区转移突围的行动计划。

其实，在成立"三人团"之前，突围转移的准备工作就已经在有条不紊地秘密进行着。在"一切为了保卫苏维埃""与敌人五次'围剿'决战"等口号掩护下，中央苏区大力扩大红军，补充兵员。到9月底，全苏区共扩大红军8万多人，组建中央教导师，用于突围转移时保卫中央机关和运输重要物资。在物资准备上，向中央苏区人民借谷子90多万担，收集铜8万多斤、子弹14万多发，采购到10多万元的中西药品，筹款150余万元，中华苏维埃国家银行还将石城县烂泥坑秘密金库的财物悉数取出，分给各野战部队保管使用。7月在于都设立赣南省，成立赣南军区，为中央机关和红军主力集结、休整、补充及出发长征做组织上的准备。同时，命令红七军团北上抗日，红六军团西征湘黔，一方面制造假象迷惑敌人，另一方面为红军主力突围起到掩护、侦察和探路的作用。

8月底，蒋介石下达命令，向中央苏区腹地发起总攻。"三人团"获悉情报后，意识到形势极为险峻。9月17日，博古致电共产国际，报告红军主力准备实施战略转移。9月30日，共产国际复电同意。在保密的情况下，突围转移的准备工作紧锣密鼓地进行。一是确定干部走留名单；二是部署红军主力和中央机关突围转移后中央苏区的游击战争；三是派出测绘人员和侦察员，秘密潜往赣粤湘边界地区侦察地形，摸清敌情，绘制简明军事地图，为红军野战军突围转移选择行军路线；四是对部队进行编制调整。中革军委、红军总司令部和总政治部及其直属队，中央机关、政府机关和军委后勤部门、工会、共青团等单位编成第一、第二两个野战纵队。第一纵队为军委纵队，由叶剑英任司令员。第二纵队为中央纵队，由罗迈（李维汉）任司令员。为了对外保密，军委代号为红星，中央纵队代号为红章，军委纵队的代号为红安。

局势一天比一天紧张，毛泽东看在眼里，急在心头。虽然被排挤出中央领导核心，偏居在瑞金云石山，无法清楚知道下一步的军事部署，但他知道战略转移已是箭在弦上，不得不发。9月中旬，毛泽东主动要求去于都调研，周恩来电告他着力了解于都方向的敌情和地形。不久，毛泽东就信丰、于都等地区敌人活动的情况以急密电的形式告知周恩来，这为中央决定从于都方向突围起了探路作用。

同时，红一军团奉命调往兴国抗击和迟滞周浑元的进攻，为掩护各路红军战略转移赢得时间。出发前，周恩来分别找军团长林彪、军团政委聂荣臻谈话。聂荣臻在回忆录中这样记述："周恩来同志找我们单独谈话，说明中央决定红军要作战略转移，要我们秘密做好准备，但目前又不能向下透露，也没有说明转移方向。……当时保密纪律很严，所以我们也没有多问。"

"乞丐"送来"铁桶计划"

这是国共两党的生死决战。10月初，在江西北部的庐山，蒋介石磨刀霍霍，志在必得。他主持召开绝密军事会议，制定出"围剿"

红军的"铁桶计划",即在瑞金城外构筑30道钢铁防线,布置上百重铁丝网、十几重碉堡和难以计数的障碍物、地雷阵等,形成一个半径为150公里的大包围圈。150万大军层层推进,步步为营,企图将红军一网打尽。

参加此次会议的高级将领中,有来自江西德安地区的专员兼保安司令莫雄,他是国民党粤系元老、中国同盟会会员,与中国共产党保持着密切的关系。拿到这份绝密文件后,他吓出了一身冷汗,火速回到德安,找来部下项与年商量对策。项与年1925年加入中国共产党,是中央特科三科"红队"的主力队员,当时受党组织委派,潜伏在莫雄身边工作。

形势万分危急,必须尽快将情报送到中央苏区。项与年等人买来4本学生四角号码字典,连夜用专用的密写水钢笔抄录情报。他们将"铁桶计划"的主要内容,尤其是国民党军队的兵力部署、火力配系、进攻计划、指挥机构设置等要点逐一密写在学生字典上。这种密写药水是用南方土生土长的中药材五倍子榨取的汁液制成的。等到字典内页的密写水全干后,便几乎看不出什么痕迹,而收件人只要把它放在明矾水中泡一泡,字迹就会显现出来。此外,他还将作战图用透明纸描摹下来,并用薄纱纸抄录好放在布鞋鞋垫下面。不仅如此,项与年还将情报要点一一复述,铭记于心,以防万一。

德安到瑞金,中间有8个县市,1300里路程,途经国民党几十个关卡。项与年拿着装满4本字典的公文包出发了,他先是以"国军情报参谋"的身份来到德安火车站,搭上前往南昌的火车,后来又以德安国立高小的教员身份,机智地摆脱了国民党军的跟踪。从客运、水路再到崎岖的山路,他日夜兼程,翻山越岭,秘密前行。饿了,就以山泉水和野菜充饥;困了,就躲在树林里打个盹。

离中央苏区越近，路上的盘查越严格，到处是国民党的哨卡，一旦发现可疑人员就会立刻逮捕。

糟了！前面就是敌军的碉堡，继续用教员的身份恐怕难以蒙混过关。怎么办？项与年看看自己，衣衫褴褛、蓬头垢面、胡子拉碴、形容枯槁，于是急中生智，决定冒充乞丐。他找了处隐蔽的地方，拿起地上的砖头狠狠砸向自己的门牙，顿时眼冒金星、鲜血飞溅，4颗牙齿脱落了下来。巨大的疼痛使他昏倒在地，醒来时嘴角还残留着血迹，双腮严重肿胀，面部狰狞吓人。

为了让自己更像乞丐，项与年又抓起破房子里的柴灰往脸上涂，在身上抹上牛粪，找来一顶废弃的礼帽、一件破夹袄和一只缺了角的海碗，将4本密写字典藏在满是污秽的袋子里，拄着拐棍往关卡走去。

"你一个要饭的，嘴巴怎么肿得这么大？"有一个凶神恶煞的哨兵瞪大眼睛问道。

"长官，您不知道，我在一个大户人家要饭时，主人不给，还放出狗来咬我，我就拼命跑，摔了一大跤。"项与年佝偻着背，哭丧着脸说。

敌人信以为真，让他过去了。

就这样，项与年强忍疼痛一路乞讨，俨然成了真正的乞丐。他把乞讨来的发馊食物放在字典上面，沿途敌军哨兵见了，很远就捂住鼻子将他赶走。

就这样，项与年翻越多道山岭，顺利穿过密不容针的关卡防线，10月7日终于到达瑞金沙洲坝的中共中央驻地。

"我是地下党员，有重要事情面见周恩来……"红军干部听项与年这样说，立即把他带回阵地，转送到团部、师部。

"我的项老弟，你怎么成了这个样子？"周恩来几乎不敢相信眼前的叫花子就是当年在上海中央特科工作时的老部下。

项与年无力地坐在门前的台阶上，哆嗦着将绝密情报从贴身的衣袋中拿了出来。周恩来命令作战情报部门迅速将4本密写字典复原成文字图表，认真分析研究。获悉"铁桶计划"后，"三人团"当即决定提前实施突围转移。

10月7日起，中革军委先后下达命令，要求中央红军主力一、三、五、八、九军团陆续移交防务，秘密、隐蔽地撤离战场，与中央第一野战纵队（又称"红安"纵队）、第二野战纵队（又称"红章"纵队）一起向于都集结。

"你喂的鸽子飞了"

其实，在项与年送达密信之前，最高"三人团"制定的中央红军突围转移计划一直在秘密进行。红军与国民党粤军之间进行的"罗塘谈判"，就是其中的关键一招。

国民党军的"铁桶计划"并非牢不可破。在对红军的"围剿"行动中，蒋介石命令南路军总司令陈济棠从南面进犯中央苏区，以达到"既消灭红军，又吃掉粤军"的目的。一直偏安广东、人称"南天王"的陈济棠对蒋介石"一箭双雕""借刀杀人"的险恶用心洞若观火。为求自保，他想出了一条"送客"妙计：一面慢吞吞地在红军的必经之地修造工事，以免被蒋介石抓住把柄；一面不完成碉堡封锁线，开放一条让红军西进的道路，不拦头，不斩腰，只击尾。

陈济棠在为自己"一举两得"的妙计窃喜的同时，又不免担心：红军要是不知道他的一片"好意"，真的乘虚攻击怎么办？他思来想去，决定同红军进行一次秘密谈判。恰巧，他的护兵中有人和当时红军第九军团军团长罗炳辉的内弟相识，于是派他到苏区传话，后又派密使携自己手书的一封信面呈周恩来，表达和谈之意，摸摸红军的"底牌"。

这是个两全其美的好事。周恩来一直在思考如何利用陈济棠和蒋介石的矛盾在南线突围这个问题。朱德迅即写了一封密信给陈济棠，对其合作反蒋抗日之意表示"无不欢迎"，并指出"蒋屈膝日本，增兵赣闽，若不急起图之，则非特两广苟安之局难保，抑且亡国之日可待"，进而敦促陈济棠事不容缓，迅即谈判。

双方一拍即合，约定谈判地点在罗塘镇（今寻乌县罗珊乡，当时为陈济棠部独一师二旅旅部驻地）。中共赣南省委宣传部部长潘汉年、粤赣军区司令员兼政治委员何长工两位同志被委任为谈判代表，出发前，周恩来、叶剑英向他们交代了谈判的任务与原则，并约定以"你喂的鸽子飞了"作为通知两人立即返回的联络密语。

10月6日，潘汉年、何长工脱下军装，换上西服，戴上墨镜和草帽，化身商人，在红军骑兵连的护送下前往约定地点。第二天黄昏，他们抵达会合地点——苏区与白区交界的会昌县筠门岭镇羊角水。陈济棠部独一师二旅少将严应鱼、特务连连长严直早早在此接应。

"何先生，我听到、看到了你们的宣传。是啊，我们与贵军都是炎黄子孙，真不愿意看到中国人打中国人。"严连长一见威武潇洒的何长工，顿时对其钦佩不已，悄悄在他耳边说道。

为保密起见，潘汉年、何长工坐上轿子，由严直率全连一路护送。每遇岗哨盘问，严直便高声喊道："这是陈总司令请来的贵客。"

轿夫一路跋涉，通行无阻，潘汉年、何长工顺利抵达谈判地点——罗塘镇一幢新修的两层小洋楼里。小洋楼后面有一个教堂，两幢楼相距仅两米，窗户相对。为安全起见，在两扇窗户之间临时搭了个梯子，有突发事件便于及时撤退。

陈济棠方代表第一集团军（南路军）总部少将参谋杨幼敏、独立第一师师长黄任寰和第八师师长黄质文已提前到达这里，并做好布置。双方代表同住在小洋楼里，红军代表住在楼上，粤军代表住在楼下。

三步一岗，五步一哨，连小鸟也不让飞入。严应鱼将站岗的士兵一律换成忠实于他的客家子弟，包括他在内的无关人员在谈判期间一律不准进入小楼。

10月8日，在楼上一间不大的会议室里，双方谈判代表开始面对面密谈。在和谐的气氛中，潘汉年、何长工两人配合默契，与陈方代表进行了有理有节的谈判。

10日，谈判接近尾声，双方达成了5项协议：

一、同盟停战，取消敌对局面；

二、解除封锁，互相通商；

三、互通情报，设有线电话（器材由陈济棠负责）；

四、我军可以在粤北设后方医院；

五、可以互相借道，各方在现在战线后退二十华里。

为保密起见，协议只写在双方代表的记事本上，并未形成正式文件。

那天中午，杨幼敏设宴款待潘汉年、何长工。忽然，译电员送来一份急电，正是周恩来与红军谈判代表约定的密语：你喂的鸽子飞了。

杨幼敏看到后，很是敏感，问何长工："你们是不是要远走高飞了？"

"不是，这是说我们和谈成功了，和平鸽子飞上了天，表示祝贺。"

何长工机敏地回答。

11日，潘汉年、何长工乘坐轿子原路返回。周恩来专门安排人员在会昌等候，并留下一封信，告诉他们中央红军已经开始战略转移，并在于都集结。

潘、何两人策马扬鞭，连夜赶往于都，向周恩来汇报了谈判的情况，周恩来对此表示赞赏。

陈济棠也对罗塘谈判的成果感到满意，他命令严应鱼赠送给红军10万发子弹和大批食盐，同时将罗塘谈判的精神传达到少将旅长一级，后来怕发生意外，又对各部队补下了一道命令：我部主要以保境安民为主，敌不向我袭击不准出击，敌不向我射击不准开枪。

天无绝人之路，礼送客人出境。正是有了罗塘谈判中与陈济棠达成的协议，中央红军得以在伤亡极小的情况下，迅速安全地冲破第一、二、三道封锁线。

30万人保守一个天大秘密

1934年10月10日（农历九月初三），这在中共党史和军队历史上是个有着特殊意义的日子。当天傍晚，中共中央、中革军委率红一、红三、红五、红八、红九军团及中央、军委机关和直属部队从瑞金出发，向规定区域集结。

国民党的飞机不时在头顶盘旋侦察。为了保守行动秘密，朱德、周恩来、项英发布了《关于第一野战纵队组成及集中计划的命令》（又称《中革军委命令第5号》），严格要求加强警戒，封锁消息，"各部队机关一律用代字，极力隐蔽原来番号名称。……每日出发前，须检查驻地，不得遗留关于军事秘密的文字。……各梯队应妥觅向导，但须绝对隐蔽自己的企图"，等等。

这是一次大规模的军事转移，也是中华苏维埃共和国的"大搬家"。红军指战员除了扛着沉重的枪炮武器，还挑着衣服、盐巴、银圆等后勤物资，甚至把织布机、缝纫机、铅印机、印钞机，办公用的桌子椅子、文件柜都捆在一起带走。为隐蔽行动，队伍都是夜行军，黄昏前集合，黄昏后移动，拂晓时停止行军。

军旗猎猎，战马嘶鸣。各路部队陆续赶到于都县集结待命，准备渡河长征。这里是中央苏区较早、较巩固的"全红县"，也是赣南省所在地，人口30万。为使国民党的探子成为一无所获的"聋子""瞎子"，全县实行赤色戒严，严密封锁消息，规定于都境内的人只许进来不让出去，严禁走漏消息，并制造假象迷惑敌人。

于都河由东向西缓缓流淌，最宽的地方达600米，水深1米至3米，水流量每秒1.3立方米，河上没有桥，这是红军长征跨越的第一道天险。为了不暴露目标，红军白天隐蔽在树林里，晚上才开始渡河。

秋风萧瑟，河水冰凉。10月17日至20日，于都百姓倾其所有，出动了上万劳动力和800多条船只，同时在8个渡口协助工兵每天下午4点钟开始架设临时浮桥，晚上8点以前完成。红军通宵达旦渡河到对岸，第二天早上7点之前又将浮桥拆除，分散隐蔽在河岸边，连沙滩上的足印也要抹平，不留任何痕迹。

静谧的夜空，月光如水，倒映出红军一步三回头的脸庞，河水呜咽，诉说着苏区人民难舍难分的情愫。

"同志哥，这是要去哪里？我们盼着你们早日归来。"有群众自发前来送行，把打好的草鞋、煮熟的鸡蛋，甚至一把炒米装进战士的口袋里。

"我也不知道去哪里，但我们一定会回来的。"由于军事行动高度保密，自师长以下的红军官兵都不知道要执行什么军事任务，他们谨守着服从命令的天职，向着上级指定的方向前进。

中央红军主力夜渡于都河，演绎了一段惊天动地的军民鱼水情。11月10日，红都瑞金陷落敌手，国民党军队才知道红军主力已转移，正在住院的蒋介石得知此事后，更是气得暴跳如雷。是啊，这个天大的秘密是怎么保住的？这至今仍是一个值得探究的谜团。

本文载于《赣南日报》2021年10月22日、
《党史文苑》杂志2023年第1期

第二辑
时代节拍

荷美大西坝

冯书记要回北京了。

这个消息在大西坝村不胫而走。

村民脸上露出无奈又无助的神色。纵然有万千不舍,他们知道,这一天迟早会到来,谁也无法阻挡。

2017年11月17日,秋高气爽,太阳早早爬上山头,给村庄田野抹上了一层金黄,也给送别平添了几分喜色。

冯书记,大西坝村百姓永远感谢您。

冯书记,大西坝村百姓请您常回来看看。

村部门口挂起了横幅,村里的男女老少聚集在一起欢送冯书记回家。

他们口中的冯书记,名叫冯宗伟,中国日报社的一名副处级干部,挂职会昌县珠兰乡大西坝村第一书记。

如今,挂职期满,冯宗伟作别县城的有关领导后,正在赶回村里的路上。

来了,来了,当一辆白色的SUV汽车停下来,村民纷纷围拢过去,把脐橙、花生等土特产一股脑儿往车上塞、手里送。

"谢谢！东西就不要了，你们的心意我领了。"

冯宗伟身高一米八，他俯身鞠了个90度的躬，抬起头时，眼圈发红，眼眶里噙满了泪水。

"冯书记，这包莲子你一定要收下，没有你，我们这里也没有这么高的产量。"

村代理主任杨运华挤上前说，其他村民也纷纷附和着。

"好吧，我收下，作为一种纪念。"

情牵荷美大西坝，福荫老区乡亲们。这时又有人带来一面锦旗，并送给他"荣誉村民"的证书，现场爆发出一片热烈掌声。

作为另一种纪念。临走前，冯宗伟邀请大家一起合影，以村部为背景，将720多天的相处定格成永恒。

相聚时难别亦难。冯宗伟伸出右手与每个人握手道别，左手则不时地揩拭着不断涌出的眼泪。

"我是大西坝的一员，无论我走到哪里，大西坝永远都刻在我的脑海里。"

谁说男儿有泪不轻弹？只是未到动情处。

车子缓缓启动，鞭炮啪啪响起，村民小跑着把冯宗伟送到大路边。

一只只手挥动着，一双双眼睛眺望着。

车轮滚滚向前，思绪却像路两边的树木一样向后延伸……

一

冯宗伟和大西坝结缘，纯属偶然还是命中注定？至今没人说得清楚。

事情源于2015年，中组部、中央农办、国务院扶贫开发办从各级机关和国有企业事业单位选派一批优秀年轻干部到赣州挂职，支持赣南等原中央苏区振兴发展。

冯宗伟踊跃报名。出身农村的他，1991年高中毕业后应征入伍，在部队入党、考研、提干、结婚，一待就是23年，直到2013年才转业到北京工作。吃了这么多年"皇粮"，他觉得有必要回报社会，反哺一下农村。

"我们虽然过着大都市的富裕生活，但不能忘本，尤其不能忘记尚未脱贫的老区群众，不能忘记共产党人的初心。"他对考察组的干部如是说。

经过几轮谈话、评议，冯宗伟如愿选上了。

正当他踌躇满志要打点行装准备出发时，家庭却发生了意外。

他爱人患上吉兰-巴雷综合征，眼球转不动，心跳、呼吸也不听使唤。

这是一种世所罕见的神经系统疾病，只有几万分之一的患病率。他爱人在重症监护室住了一个星期，医院连下了两道病危通知书。

经全力抢救，总算摆脱了危险，但住院一个多月也没有完全康复，眼睛看东西有重影，出门就乱撞。

眼看下去挂职的时间到了，要不要告诉单位另外派人呢？

冯宗伟心里很纠结。一方面机会难得，自己希望下基层历练一番，实实在在做点事；另一方面家庭难舍，妻子需要照顾，母亲和岳母都80多岁了，身体不好，女儿刚上小学二年级。

妻子是一家外企的副总经理兼财务总监，年薪上百万，一直在背后默默支持丈夫的工作。

看他左右为难的样子，妻子说："你还是去吧，我在家里一点点恢复。"

有了妻子的支持、家人的理解，尽管有一百个不放心，冯宗伟还是硬着头皮走了。

他和单位的领导、同事一起，坐了17个小时的火车，又转乘2个小时的汽车，总算到达挂职的会昌县城。

群山拱卫，三江环流。这座千年古邑素为赣粤闽"三省通衢"，邓小平在此担任过县委书记，毛泽东也曾在此指点江山，盛赞"风景这边独好"。

天空突然下起毛毛细雨，山城一片朦胧，给冯宗伟的第一印象是看不清摸不着，有一种高深莫测的感觉。

县长一班人热情迎接，向冯宗伟一行介绍了县情，特别是脱贫攻坚的严峻形势。全县有52万多人，贫困人口达19633户88564人，是国家扶贫开发重点县、罗霄山区集中连片特困地区县。

经过座谈商讨，冯宗伟被安排到离县城较近的珠兰乡大西坝村。同时，给他在县城安排了住房。如果乡下住不习惯，随时可回县城。

冯宗伟口里答应，心已飞到了大西坝村。在乡村干部的带领下，他挨家挨户走访认门。

北京来的干部，不就是来镀镀金的吗？

个别村民投来异样的目光，像一把把匕首刺来，让他躲闪不及。

"你们误会了，"冯宗伟赶忙解释，"我是来帮你们脱贫的。"

"我家的房子，你也看到了，外面下大雨，里面下小雨，你能帮我建一栋新房吗？如果解决不了，说出来有屁用？"

这些有意刁难的话语，是冯宗伟始料未及的。他感到委屈，甚至有些气愤，却又觉得一切解释都显得苍白无力，只能默不作声地边听边记。

"我最缺的是老婆，你能给我娶一个吗？"

有人幸灾乐祸，在起哄般的嬉笑声中，释放出恶作剧的快感。

满腔热情瞬间冰冻，一切都让人猝不及防。

赴任之前，冯宗伟虽然在思想上、心理上做了充分的调整和准备，却做梦也没想到会有这样的情况发生。

冷雨夹着落叶敲打着窗户，乡政府的宿舍里，冯宗伟蜷缩在床上彻夜难眠。尽管室内开了空调，但他仍感觉到有冷风从门缝钻进来。

角色与身份的转换，生活与工作环境的反差，加上语言不通，观念不一致，让他心里有一种说不出的迷惘和困惑。

"难道我的选择有错吗？"

县委书记找到冯宗伟，看他有气无力的样子，关切地询问起工作生活情况。

"你还是来县里挂职吧？县委副书记，或者副县长，都可以。"

同他一起来赣州挂职的38名国家部委干部，大多被安排当县领导。这时，冯宗伟只要轻轻点个头，就可以和大西坝说拜拜了。

他却摆摆手说："我对地方工作不熟悉，恐怕难以胜任……"

县委书记让他先别急着表态，回去认真考虑几天再说。

机不可失，有人好心劝他，当县领导脸面上好看，办事也容易些。扶贫嘛，有心就可以了，何必当苦行僧？

话说得不无道理，但这样做不就背离了自己的初心吗？也给那些怀疑自己来镀金的人以口实。

不能碰到点困难就退缩。思虑再三，他毅然谢绝了各方的好意，又一头扎进了大西坝。

大西坝，穷得怕，十户人家九户差，有女不嫁大西坝。

这句顺口溜真实反映了大西坝的现状。

经过一段时间的走访调研，冯宗伟对村里的情况有了更深入的了解：全村6个村民小组共135户638人，其中建档立卡贫困户29户

121人。青壮年多数外出打工，留在村里的不是老人、小孩，就是妇女、病残者。

作为"十三五"省级贫困村，每年都有一些单位部门的干部在大西坝挂点扶贫，但大多来去匆匆，拿点钱送点东西就走了。

年年扶贫年年贫。冯宗伟明白，村民厌恶这种做样子的假扶贫，受惯性思维的影响，认为他应该也是这样的干部。是啊，这不能怪他们，要怪就怪那些作风不实的干部。

冯宗伟心里亮堂多了。找到了问题的根源，也就有了破解问题的钥匙。

天刚蒙蒙亮，他就卷起铺盖进了村。

村部坐落在村民聚居区，一栋两层高的黄色小楼，很多时候都是铁将军把门，桌凳上积满了厚厚灰尘。

冯宗伟收拾出一个房间做卧室，买来锅碗瓢盆，在楼下做起饭来。

当袅袅炊烟升起，附近村民还以为起了火灾，纷纷赶过去看个究竟。

灶火熊熊。冯宗伟麻利地将炒好的鸡蛋皮、黑木耳，切好的白豆腐、胡萝卜倒入锅里。另一口锅里，面条上下翻滚、长袖善舞。

大家虚惊一场。"这是什么呀？菜不像菜，汤不像汤。"

"臊子面，我家乡陕西宝鸡的特色风味小吃。"冯宗伟边说边招呼村民品尝。

"哇，味道不错，筋韧爽口，只是不知道能吃多久。"有村民阴阳怪气地说。

"放心，我天天在这里，想吃随时来。"

冯宗伟是吃面食长大的，在家几乎每餐都少不了面条。刚来这儿的几天，他在乡政府和村干部家中用餐，吃不习惯，为了不给大家添麻烦,索性自己动手,丰衣足食。

一天晚上,冯宗伟正在做臊子面,猛然发现窗户外有一双眼睛在盯着他,待走出门去看,却见四处漆黑,万籁俱寂。

联想白天总有人在吃中饭时过来办事,问是什么事又吞吞吐吐说不出,冯宗伟心中明白了几分,有好事者在暗中跟踪他、盯梢他,看他是不是真正地吃住在村里。

看来,大西坝的群众是不好糊弄和对付的。

二

新官上任三把火。

冯宗伟在冥思苦想,这火从哪里烧起?

村民们也在观望,你冯宗伟有什么能耐尽管使出来。

梳理群众的诉求,疏通水渠是反映最集中最迫切的问题。

水是农业的命根子。大西坝地处赣江支流贡江边,地势低洼,村后山的狭长地带是村民赖以生存的良田。

冯宗伟到现场看了,由于年久失修,5000米的水渠杂草丛生,竹木繁茂,有的毛竹簇拥在一起,直径达1米,几乎把水渠拦腰阻断,还有多棵碗口粗的大树立在中间,水渠严重淤塞,田亩得不到灌溉,有的被迫撂荒。

找来村干部商量,大家都愁眉苦脸。村里没有一分钱,有心无力,办不成事,义务投工投劳,群众又不愿意。

冯宗伟向北京的单位请求援助,先拿7万元启动经费,不够再向上级有关部门争取。

清淤战就此打响。

挖掘机所向披靡,毛竹、大树等被连根拔起。

冯宗伟带头挥镰舞斧，汗流浃背。

不到两个星期，水渠疏浚了，汩汩山泉水汇流其中，也流进了大西坝群众的心中。

"分田到户三十年，像这么兴修的，还是头一回。"一位古稀老人感叹道。

"以后就不用担心天晴就旱、下雨就涝了，"一位妇女插话说，"北京来的干部，真是有点不一样啊。"

村民们不得不以另一种眼光审视冯宗伟。

会杉公路是会昌县的主要交通要道，也是境内105国道和323国道的连接线，像一条白色的围巾系到大西坝村的脖子上，在平添几分飘逸和妩媚的同时，也带来令人窒息的凶险。

车辆日夜川流不息，呼啸而过。村民来回过马路时必须左顾右盼，小心谨慎通过才行。

最让人胆战心惊的是夜晚。有的过路司机开着远光灯，照得人睁不开眼，过马路简直就像闯鬼门关。

冯宗伟就经历了这惊魂一刻。

晚上十点左右，山村一片漆黑，伸手不见五指。

他沿路走回村里，正要横穿马路，迎面一辆大货车飞奔而来，车灯强光照得他什么也看不见，他本能地往后退。司机慌了神，猛地一个急刹车，车子轰然侧翻在地。

车子与他只有一米之遥。冯宗伟吓得脸色苍白，魂飞魄散。

暗夜埋下了不少交通安全隐患。人命关天，冯宗伟不敢怠慢，多方奔走，不到一个月就在公路两边安装了20盏太阳能路灯。

夜幕笼罩，华灯璀璨，大西坝成了全县第一个有路灯的村子。

村民夜里回来再晚也不怕，因为有光明指引他们回家的路。

现在，假如你打听大西坝在哪里，当地人会骄傲地告诉你，顺着会杉公路走，看到有路灯的村子就是了。

三

冯宗伟的妻子就是按照这样的指引找到丈夫的。

虽然两地分居才两个多月，她却感觉过了好几年。

北京那边，年迈的母亲、年幼的女儿、病休的自己，家里少了顶梁柱，也就少了很多依靠和精神慰藉。每天她都是掰着手指头过日子，盼望着丈夫能早点回家。

大西坝这边，冯宗伟虽然也放心不下千里之外的家人，怎奈初来乍到，工作千头万绪，忙得像陀螺似的，有时连每天打个电话报平安的事情都忘了。

丙申猴年春节快到了，妻子总是问他："啥时回来？"

冯宗伟含糊其词："还没定，过阵子再说。"

工作刚刚进入状态，好不容易有点起色，他怎肯罢休？

"你不会是喜欢上哪个姑娘，舍不得走吧？"妻子半开玩笑地嗔怪道。

"要不你来大西坝过年，顺便实地侦察一下。"

冯宗伟顺水推舟，他内心的确是不想回家过年。春节是万家团圆的日子，那些在外务工创业的青壮年都会回来，他要利用这个难得的机会，宣传扶贫政策，争取更多人的理解支持。

此后几天，冯宗伟继续"讹"妻子："你整天待在家里，烦不烦哪？也该出来透透气了。会昌山清水秀，满眼全是绿，空气能让人'喝醉'，你们还是来我这边旅游过年吧。"

妻子被冯宗伟说得心动了。她的身体基本恢复，去乡下过年，既可零距离了解丈夫的工作生活情况，又能一家团聚，还可以免费旅游，岂不是一举多得的好事？

满心欢喜来到大西坝，却发现自己上当了。

山高路远，田薄水瘦，低矮的土坯房，坑洼的泥巴路，无不显示着这里的贫穷与落后。

几个月不见，冯宗伟变得又黑又瘦，胡子拉碴，叫她都不敢相认了。

"你来扶贫也就算了，没必要把自己也变成贫困户，何苦这么糟蹋自己呢？"

妻子又气又怜，一边帮着整理房间，一边眼泪就止不住掉了下来。

冯宗伟嘿嘿一笑："没事，减点肥不是更健康嘛，万事开头难，现在忙点，过阵子就好了。"

安慰了妻子一番，冯宗伟就出门了。

他走东家串西家，找到那些返乡的青壮年，了解情况、交流思想、征求意见，从中寻找有能力、有实力、有意向的人回乡创业。

近段时间，也有外地大老板想来大西坝投资农业，冯宗伟接触后发现，他们虽有实力，但大多急功近利，万一挣不到钱，很可能拍屁股走人，丢下半截子工程。相比之下，本地人更靠得住，致富不忘本，报效桑梓是心中永恒的情怀。

陈泉山是村里的能人，他在县城开了一家贸易公司，建有互联网电商平台，虽然只有初中文化，但见识广，头脑灵活，正是冯宗伟最希望召回的人才。

冯宗伟找到他，越聊话越长，心也越贴越近。

到了吃饭的时间，冯宗伟要回去，陈泉山极力挽留："不吃饭就是看不起我，以后也别来找我了。"

盛情难却，冯宗伟只好留下，边吃边聊。

"绿色农业插上互联网的翅膀前景广阔，你回村发展，土地和资金都包在我身上。"

"有你这番话，我就放心回来了。"陈泉山为冯宗伟的诚心感动，一个外来人都那么用心，自己作为大西坝人有什么理由不为家乡父老脱贫致富尽份力呢？

他们越谈越投机，就搭建蔬菜大棚、组建农业科技发展专业合作社等具体事宜达成一致意见。

回到住处，已是深夜十二点，妻子女儿都睡着了。

桌上放着一张字条，是女儿歪歪扭扭的字：爸爸，我要睡觉了，明天听你给我讲故事吧。

"宝贝，对不起！"冯宗伟轻吻女儿的额头，内心五味杂陈。

整个春节，冯宗伟每天早出晚归，一家一户拜年，组织在外青壮年返乡创业座谈会，忙得不亦乐乎，早把带家人去旅游的事忘到九霄云外了。

最后，他过意不去，抽空在会昌县城请母女俩吃了顿"大餐"，算是赔罪补过，也是临别送行。

四

远山如黛，绿影婆娑，倒映在清澄如镜的贡江，构成了一幅天然的水墨画。

站在村部二楼极目远眺，冯宗伟禁不住心旷神怡。然而，当他将目光拉回眼前，则不由皱起了眉头。

这是一片颓废的老房子，长期无人居住，被风雨侵蚀得摇摇欲坠。旁边是一口烂泥塘，野草没径，蚊蝇纷飞，臭气熏天。

村庄整治，就要先剃掉这块"癞痢头"，冯宗伟暗暗下定决心。

感谢了。"

坐久了，大腿膝盖麻木得失去知觉，冯宗伟费了好大劲才慢慢站起身。

老两口很是过意不去，搀扶着冯宗伟，把他送出家门。

"今天，我就看在你冯书记的面子上表个态，明天我自己把猪圈拆了。"

最后一颗"钉子"拔掉了，广场建设顺利推进，危旧空心房被推平，建成露天广场，周边的客家民居也修葺一新，打造成古茶楼。烂泥塘的污水被抽干，改造成莲花池，碧水荡漾，荷叶田田，清香浮动，沁人心脾。

五

大西坝靓起来了。

在冯宗伟的大力争取下，大西坝被列为全县整村推进扶贫示范点、新农村建设示范点，各级政府及社会累计投入2000多万元，硬件基础设施建设如火如荼，村容村貌一天一个样。村民们都说，大西坝一年的变化抵得上过去二十年。

冯宗伟并不满足。村庄建得再好，如果农民的口袋还是瘪的，那也是徒有其表，中看不中用。

发展产业，增强造血功能，才是精准脱贫的治本之策。

大西坝山多田少，人均耕地面积只有七八分，由于思想观念落后，一直以种植水稻为主，除去种子、化肥、农药等成本，每亩赚不到1000元，许多人干脆撂荒去打工。

经过考察调研和开会讨论，村里确定了"产业富民、旅游旺村，建设荷美大西坝"的发展思路，采取"能人+合作社+农户"的形式，培育壮大蔬菜、白莲等产业。

白莲是亚热带植物，在赣南有1300多年的种植历史。它一身都是宝，莲叶清暑利湿，莲须清心益肾，莲心清暑降火，莲蓬莲壳粉碎后可以培养食用菌，经济效益高。

领衔白莲产业的是村里的一名党员，也是小有名气的致富能手，名叫杨运华，十几年前便远赴广东韶关、梅州等地做建材生意。去年他在家里零星种了点白莲，积累了一定经验。

有规模才有效益。年初，冯宗伟带着杨运华到"中国白莲之乡"石城县学习考察，开开眼界，鼓励他扩大规模，带动村民致富。

冯宗伟还请来专家实地指导，得出的结论是，这里的土质好，适合大规模种植白莲，由此还能够带动生态农业观光旅游业的发展。想象那接天莲叶的美景，溪桥卧剥莲蓬的童趣，冯宗伟就不由得心花怒放了。

然而，土地流转时就卡壳了。

土地由村里统一流转，租金是300块钱一亩，合作社付给村里400块钱一亩，剩下的100块钱作为村集体收入，入股合作社。村民可以得租金，也可以土地入股，享受年底分红，还可以到田里干活，挣到一份务工收入。

这么划算的产业发展模式，还是有人不买账。

有老表担心土地流转出去了，到时拿不回来，宁愿让它长草，也不让给别人种莲。

有的说要用来种水稻，把田拿去种莲子了，他吃什么？

冯宗伟依然拖着肿胀的双腿，不分昼夜地上门做工作，苦口婆心地摆事实讲道理。

"土地所有权还是你的，只不过租给他种，有村里做担保，你怕什么？另外，有了租金，还怕买不到粮食吃？"

仍有少数村民不为所动，甚至还有人怀疑冯宗伟在合作社占有干股，如果没有利益在里面驱动，他会那么卖力吗？

听到那些流言蜚语，冯宗伟失望了，甚至有些动摇了。

倚在床头，他刚接完妻子打来的电话，接着与远在陕西老家的母亲视频，了解生活起居。

父亲去世早，母亲80岁了，一直和他一起住。兄妹3人中，大姐60多岁，身体不好，自己都需要请人照顾，大哥也50多岁，今年添了孙子，忙得很。

为了来大西坝，冯宗伟不得已将母亲送回老家，通过同学关系把她安置在乡里的敬老院住，按标准交钱，算是有人照顾，图个安心。没承想，有人告发，说老人有儿有女，不符合入住条件。没办法，他只好把母亲送到一家私人敬老院。

不远千里，抛母别妻，真心实意来扶贫，没承想每做一件事都困难重重、举步维艰，令他心力交瘁。

"我扶人，谁扶我？"冯宗伟感到前所未有的失望和无助。

夜深人静，寂寞来袭，双腿膝盖隐隐作痛，无法忍耐，难以入眠。

回想自己几十年走过的坎坷路，从高考落榜，到部队当兵，再到耳朵两次受损，严重时听力丧失，自己没叫过苦。

如今，工作的不顺，生活的不便，身体的不适，却让他深陷苦恼，备受煎熬。

自己何必为难自己？能做多少算多少，混一年回去交差得了。

这一念头在他头脑里一闪而过，但很快就被否定了。

他想起了当初下来挂职时社长语重心长的谈心，自己郑重其事的表态，同事们的殷切期待，这可事关单位1000多人的声誉和中组部选派的第一书记的形象。

他记起了驻村不久参观瑞金市红井、于都县长征第一渡和会昌县的会寻安中心县委等多处革命遗址，聆听了八子参军、马前托孤等红色故事，当年苏区人民为中国革命做出了这么大的贡献，牺牲了那么多，与他们相比，我这算得了什么？

他忘不了年初参加中央和国家机关选派第一书记示范培训班，在焦裕禄烈士墓前，举起右手重温入党誓词，告诫自己只有做好眼下的扶贫工作，才是对烈士最好的告慰。

"我不能当逃兵，必须迎难而上，再苦再难都必须挺过去！"冯宗伟暗暗下定决心。

军人的精神一旦被激发出来，将是战无不胜的。

六

陈泉山的蔬菜大棚建起来了。

冯宗伟帮助他跑银行，贴息贷款 100 多万元，流转了 30 多亩土地，牵头组建大西坝农业科技发展专业合作社。

把蔬菜产业打造成富民支柱产业恰逢其时。赣州市出台优惠政策建设江南重要的蔬菜集散地，统一与山东寿光签订了技术服务协议，县里也联系了外地的收购商来签订单。

天时地利都有了。现在合作社把地翻好了，种子买回来了，陈泉山吆喝着农户去地里干活，工钱每天 70 元，没想到应者寥寥。

天气晴好，田地里却见不到几个劳作的身影，大白天的，他们都去哪里呢？

村头有几个大男人坐在墙角晒太阳、聊闲天，冯宗伟问他们怎么不去地里干活，有的回答说自己做不来，有的表示种菜太辛苦，有口饭吃就行了。

这里的村民懒散惯了，得过且过，等、靠、要思想严重，谁家要是当上贫困户，那是比小孩考上大学更荣耀的事，陷入越穷越要、越要越懒、越懒越穷的怪圈。

这一点，冯宗伟领教过了。

听说有上级领导来慰问，马上有人找到村委会，说是去年慰问了他家，今年也不能少，仿佛欠他似的。

上户慰问，还没出贫困户家门，就见红包扔地上了，冯宗伟赶紧捡起来交到他的手中，结果发现是个空包，慰问金早被取出来了。

扶贫不是养懒汉。如此种种，不免令人心寒！

再往前走，是一家杂货店。奇怪，店门是关着的，冯宗伟推门进去，空无一人。正要离开，却听到窸窸窣窣的声音从楼上传来。

有人在打麻将。冯宗伟一个箭步跑上楼，犹如神兵从天而降。

"你们有时间打麻将，就是不去干活，我让你们去赌！"

他双眼圆睁，声震云天，像一头愤怒的狮子一下子把牌桌掀了个底朝天，麻将、钞票撒了一地。

几个打牌的人惊得目瞪口呆，待回过神来，则纷纷灰溜溜作鸟兽散。

冯宗伟来到村里不到一个星期，就发现大西坝有个不好的现象：赌博成风。男女老少齐上阵，有事没事聚在一起，幻想着天上掉馅饼，一夜暴富。

有一次，在路上碰到一个村民，问他最近在干什么，对方回答在做海鲜生意，当"钓虾公"。

冯宗伟听得一头雾水，这里不沿边沿海，哪有海鲜生意可做？后来才知道那是一种赌博形式。

还有个贫困户嗜赌成性。他平时什么活也不干，打麻将则比谁都勤快，哪里三缺一，他最先补上。平时打5元的，没钱就赊账，上面干部送来慰问金，他立马就打20元的。

此风必须刹。

冯宗伟立马召开村民代表大会，把低保户、贫困户全部叫过来，约法三章。

凡是发现赌博的，取消低保补助和政府的一切救助。

脱贫先脱懒。现在村里大搞基础设施建设，发展农业产业，需要大量的劳动力，工钱也不比外面低。只要不是生病或手脚残疾，都要去做事。

如果不去干活，说明已经脱贫，贫困户的帽子就可以摘了。

在场群众面面相觑，无言以对。

没过几天，蔬菜大棚里就来了十多个人。

冯宗伟"洗脑"和倒逼的措施很是见效，越来越多的贫困户走出家门，卷起裤腿干活了。

有一个老光棍儿，常年吃低保，每天东游西荡、游手好闲，没钱就到村委会去要，要不到就闹，甚至到县里上访。现在，他主动把村里打扫卫生的活儿揽了下来，每年收入有1万多元。

村里的工程项目多，除了技术工种外，小工、零工都是本村人在做，一年下来，贫困户仅打工一项，就有几十万元收入。

人勤万事兴，黄土变成金。一个月后，大棚里的小白菜就可以采摘了，青翠欲滴，鲜嫩可口，一上市就被抢购一空，每亩收入6000元。

陈泉山给冯宗伟算了一笔账：一年可种7季，每亩年收入4.2万元，除去成本，每亩到手的就有2.8万元，30亩就有80多万元。

一算吓一跳，他们两眼发亮，美好的前景似乎触手可及。

七

每天一早起床，冯宗伟都要到莲田去瞧一瞧。

水面上漂着片片荷叶，有碗口那么大，嫩绿嫩绿的，露水镶嵌在叶面上，珍珠般晶莹剔透。也有的叶面没有完全舒展开来，像是娇羞的少女，泛着淡淡的红晕，静静地玉立着。

冯宗伟被这清纯素净的美给镇住了，呆立半天才回过神来，赶紧拿出手机拍照，发到微信朋友圈，赢得一片点赞，许多人留言要呼朋唤友去观赏游玩。

出淤泥而不染，濯清涟而不妖。国人向来对荷花情有独钟，赏荷早已从文人雅士的雅趣扩展为普通大众的喜好。

满足人们亲近自然、观光旅游的需求，大西坝着手建设游客接待中心。

地址早选定了，今天施工队伍进场时，却被阻止了。

"地都没征，凭什么让你做？"房东站在推土机前，叉腰大嚷，"有本事从我面前压过去！"

冯宗伟当场气"晕"。之前问村支书，每次都说搞定了，这么下去，不误事才怪！

村支书还兼任村主任，比冯宗伟大 10 岁，初中文化，为人忠厚老实，但能力水平一般，做事前怕狼后怕虎。

冯宗伟反复告诫他要实事求是、有一说一。每次他都态度诚恳，说一定会改，可依然故我。

驻村后，冯宗伟还发现，村党支部软弱涣散，没有威信，更缺乏战斗力。全村 12 名党员平均年龄 61 岁，其中 5 人长年在外，一年到头也难得开几次会，只有交党费签字的时候，才意识到自己还是个党员。

村民富不富，关键看支部；村子强不强，要看领头羊。这样的班子怎么能带领群众脱贫致富？

冯宗伟大刀阔斧建强基层战斗堡垒。

大西坝是块红色的土地，有光荣的革命历史。红三师在这里休整过，红九军团从这里踏上漫漫长征路，全村家家户户都有人参军参战。如今，随便在村里走一遭，就会看到很多人家的门楣上挂着"革命烈士"的牌匾，稍微留心一点，还能从一些老房子的墙壁上发现当年红军留下的宣传标语。

冯宗伟悉心整理村里的红色文化资源，筹资建成红九军团长征出发纪念馆，用身边事教育身边人。

当年革命先烈为了让人们过上好日子而流血牺牲，现在，作为他们的后代要怎么做才能告慰烈士的在天之灵？

冯宗伟把党课搬到纪念馆，教育引导村里的党员干部弘扬苏区精神，发挥模范带头作用。

为补充新鲜血液，他把优秀青年陈泉山吸纳进党组织，把党员致富带头人杨运华充实到村两委班子，担任村代理主任，从根本上解决了村干部工作不在状态、办事不公、效率低下等问题。

低保户、贫困户的评定，是群众最关注、反映最强烈的问题。冯宗伟主动接下这块"烫手山芋"，召集村干部、小组长和全体党员来开会，把评定的标准条件公布出来，让候选人上台把家里的情况晒出来，以无记名投票的方式选出低保户、贫困户。

乡里乡亲，知根知底，几个村干部的亲戚因为不符合条件全被刷了下来。

有人欢笑，有人怨恨。冯宗伟的所作所为，自然触及某些人的利益。

他凡事冲在前面，也抢了村支书的风头。值得肯定的是，村支书人品好，政治素质还不错，虽然心里有些不痛快，但还能顾全大局，维护班子团结，没有与冯宗伟公开唱反调。

村里一时找不到更合适的人选，村支书的位置只能让他先将就着。

游客接待中心要在两个月内建成，工期紧，冯宗伟只好自个儿上户做工作。

"不好意思，之前没和你们说清楚，是我们工作失误。"冯宗伟态度诚恳，表示歉意。

"你冯书记是给我们办好事，哪有不支持的道理？"

几乎没费什么口舌，通过宅基地置换形式，用地问题很快解决了。

大西坝日新月异的变化，让村民从中看到了希望，得到了实惠，思想观念悄然发生改变。

这是冯宗伟感到最欣慰的。

八

一个人胸无大志，无所事事，这样的光阴也难挨。

当他全身心投入工作，奋力实现自我价值的时候，那样的日子却是过得最快的。

荷花开了，莲蓬熟了，不知不觉，冯宗伟驻村挂职快满一年了。

这是值得纪念的日子，县里乡里的干部都来请他吃饭，表示祝贺。

这一年，对冯宗伟而言，是忙碌而充实的，艰辛而快乐的。

这一年，大西坝的变化是有目共睹的。村文化卫生中心建起来了，农家乐开起来了，家家有产业，人人有事干，户户有增收。

全村年人均收入 8000 元以上，远远超过了脱贫标准。冯宗伟功德圆满，可以问心无愧地回北京复命了。

"冯书记，你在我们这里干得那么好，我们都舍不得你走，能不能留下来再干一年？"

一些村民自发来到村委会看望冯宗伟，既表示感谢，也表达挽留的心意。

当初下来时，报社领导明确他挂职一年，期满后换人。

回还是留？冯宗伟的心情变得矛盾起来。

从家庭的特殊情况考虑，他是应该回去的。

女儿从小就黏着他，他也一直陪着女儿成长。来大西坝后，女儿的成绩一落千丈，原来英语每次都考一百分，现在却掉落到七八十分。没办法，他只有每天晚上通过手机视频给女儿远程辅导作业。每当这个时候，女儿总忘不了问一句："爸爸，你什么时候回来呀？"他只好含糊其辞："快了快了，到了一年就会回来。"眼看一年到期了，女儿更是连哭带闹，催促爸爸早点回来，就这样推着他往前走。

还有老母亲一直住在敬老院，身体不怎么好，有个病痛都没人照顾。尽管母亲理解他，每次都宽慰他安心工作，但越是这样越叫他牵肠挂肚。

从大西坝的现状来看，他最好能继续留下来。

大西坝脱贫的基础还比较薄弱，离他规划的小康村、富裕村也有一定距离。

村里的产业虽然发展起来了，但底子薄，抗风险能力差，随时都有夭折的危险。

想到这些，冯宗伟夜不能寐。

他索性披衣起床，走出村部，信步来到了白莲基地。

夜深人静，月影婆娑，山村田野均已酣然入睡。

莲田里一片干枯，只剩下几根茎干在风中摇晃，带着几分惆怅哀怨的味道。

是啊，今年的白莲虽然丰收了，但没想到市场价格大跌，每公斤鲜莲由原来的 20 多元降到 10 元以下。好在赶紧购进两台深加工设备，把鲜莲加工成干莲销售，才扭转了亏损的局面。

产业经不起折腾，万一中间有个闪失，之前的一切努力岂不白费？

这是他最不想看到的。

再看看脚下的路，坑坑洼洼。路基从以前的 3.5 米拓宽到 5 米，计划明年进行路面硬化，项目总投资 300 多万元。

类似已经立项还没有实施的项目还有村小学建设工程，以冯宗伟的行事风格，他是不喜欢留下半拉子工程就走的。

一年的朝夕相处，冯宗伟对这里的一草一木都很熟悉，产生了深厚感情。大西坝就像他培育的一个孩子，倾注了太多的心血，如果就此离去，换另一个人接手，延续性等方面都要差一些，这是他最放心不下的。

不仅要扶上马，还得送一程。

想到这些，冯宗伟主意已定。

自古忠孝不能两全，有所得必有所失。

他对着皎洁的月光，遥望着北方，默念道："妈妈、爱人、闺女，对不起了，这里还有一些重要的事没有做完，请原谅我不能按时回来。"

心中的愁云散去，他大踏步往回走，脚步是那样的坚定和轻快。

九

冯书记不走了。

听到这个消息，贫困户赖有发特别高兴。

他委托妻子罗才娣到村部找冯宗伟，说是有一件事请求他帮助。

赖有发49岁，6年前得了肝炎，由于家庭贫困，治疗不及时，转为肝硬化，后又发展成肝腹水，常年卧床不起，现在每个月的药费近千元。

祸不单行。他的儿子在8年前得了精神分裂症，每月的医药费也要上千元。

家里的重担全压在了妻子一个人身上，她靠种点脐橙、柑橘，打点零工维持生计。

冯宗伟对这户人家特别关心，只要政府有什么救助补助，总少不了赖有发的份。

尽管如此，赖有发仍然是全村极穷的农户之一。

屋内好暗，冯宗伟低头走进去，过了好一阵子才看清赖有发的模样。

"有发，最近身体怎么样？"

冯宗伟一边问，一边顺手打开床头的药瓶，看里面的药多不多，有没有过期。

"谢谢冯书记挂念，我这病呀，治不好，浪费钱。"

赖有发躺在床上，有气无力地说："这次请你来，是想问问，进我家果园的路，能不能给修一下？"

"我们准备修机耕路，你放心。"冯宗伟劝慰他，"现在最重要的是安心养病，把病治好比什么都强。"

和前几次相比，赖有发的病情有恶化的趋势。

回到村部，冯宗伟立即联系赣州市的大医院。一打听，住院就要交2万元押金。

这该如何是好？救命要紧，冯宗伟决定向社会募集治疗费。

他发起网上爱心筹活动，把赖有发家的情况往手机上一发，很快得到那些相识或不相识的网友关注。当天晚上 10 点钟，就收到爱心捐款 3000 多元。

冯宗伟还将爱心筹活动转发到各个 QQ 群和微信朋友圈，呼吁更多的人关注扶贫、奉献爱心。

一个外来的第一书记如此关心贫困群众，许多人被冯宗伟的爱心善举感动，纷纷转发，让爱心的雪球越滚越大。

中国日报社团委率先组织干部职工献爱心。

会昌县的领导专程到赖有发家走访慰问。

在各方的关心帮助下，赖有发住院了，得到及时救治。

赖有发的儿子也在冯宗伟的联系下，被送到赣州最好的精神病医院住院治疗。

一股爱的暖流在大西坝荡漾开来。

冯宗伟因势利导组建"爱在荷花畔志愿者协会"，这支由党员干部组成的义工队伍扶贫济困，义务帮助赖有发打理果园，办医疗报销手续。

大西坝人的道德水准在提升，乡风文明也在悄然改变。

冯宗伟最有体会。刚驻村时，征一块地，拆一点牛栏厕所，甚至在农户门口种棵树，村民横竖都不同意，甚至蛮不讲理，漫天要价。

现在村小学的建设规划图刚出来，村民杨太来就主动把位于村子中心的宅基地捐出来。扶贫先扶智，杨太来说，办学校是造福子孙的好事，应该支持。

物质脱贫的同时，村民的精神也在脱贫中。

村里的产业路，要占用部分农户的山地。村民理事会动员大家不收征地款，道路建成后，竖一块功德碑，将捐赠土地的农户姓名和捐赠面积镌刻其上，永志宣扬。

既免费征了地，又让被征地者高兴，这种独特做法被誉为"大西坝模式"，吸引了许多外地人前来学习借鉴。

思想一变天地宽。

村民的内生动力一旦激发出来，精神面貌焕然一新，脱贫攻坚也就势如破竹了。

十

国务院扶贫办第三方评估组来了。

此次检查事关大西坝能否如期脱贫摘帽。

连续一个星期，冯宗伟白加黑、五加二连轴转，忙着整理各种资料，完善各种台账，确保万无一失。

"冯书记，是不是又来填表格了？"

看到冯宗伟抱着一大叠资料进门，村民开玩笑说。

"天天签字，手都酸了，这个贫困户，我能不当吗？"

冯宗伟满脸苦笑："国办系统里有你的名字，不当还真不行。"

这次检查由政府委托第三方进行，要上户调查40户贫困户和10户非贫困户。

冯宗伟陪着一位调查人员一家接一家跑，从早上一直走到了晚上。

绝大多数受访者都积极配合。有的握着调查人员的手半天不放，发自内心感谢党和政府的好政策，当面夸赞驻村干部好，让一旁的冯宗伟感觉很不自在。

也有例外。当问及家里是否欠债时，一个贫困户竟然回答，3年前给儿子娶媳妇，至今还欠着丈母娘10万元钱。

冯宗伟大吃一惊。以前多次走访，怎么没听说过？如果认定为事实，肯定是脱不了贫的。

他赶紧找到这个贫困户问明情况，却被告知实际欠债 1 万元。

原来，这个贫困户和邻居一直有宅基地纠纷，村里处理了好几次，但他始终不满意，正好借此为难一下村干部。此外，他心中还有一个小九九，以为多说点债务，公家能想办法给他还债。

经了解，女婿欠丈母娘的钱，可还也可不还。当地有一种习俗，就算要还也不能还清，得留下点尾巴，含有长长久久的意思。

理由站得住脚，最后评估考核结果，大西坝满分通过。

刚松了口气，又迎来国务院扶贫办交叉检查组。

全县上下严阵以待。

此次为随机抽查，发现问题要被通报，县领导接受约谈，问题严重的就地免职。

冯宗伟镇静自若，内心倒是希望被抽到，让国务院检验一下他的扶贫成效。这不光是对自己的一个肯定，也是为全县脱贫添一份彩。

最终，大西坝没有被抽到。

冯宗伟深感遗憾的同时，继续投入正常工作。毕竟，检查的目的是促进工作，而工作却不是为了应付检查。

细雨绵绵下个不停，地面湿漉漉的，空气中弥漫着一团团水雾，墙壁、电视屏幕上渗出一串串水珠。

筷子都长霉了，衣服洗后晾了一个礼拜都还是湿的，闻上去有点酸味。

冯宗伟望着这南方的梅雨发愁。

一来，所有的工程项目因为下雨被迫停下来，工期被延误。

二来，自己的身体受不了这湿冷天气。喉咙发痒，两条腿肿得像木槌那么大，以前的裤子都穿不了，膝盖更是疼痛难受。

抽屉里塞满了常备药品。他服了几颗消炎片，拿出膏药贴在膝盖上，又在腿上擦些药水。

病情虽有所缓解，但治标不治本。

有人建议他多吃辣椒，排除体内的湿气。但他一吃辣椒就满头大汗，胃受不了。

想到自己的胃，冯宗伟才发现没吃中饭，肚子正在咕咕叫。

他从村委会走出来，准备去厨房做臊子面。

突然，他双腿瘫软，脚下一滑，整个人失去重心，身子向前冲了出去，膝盖重重摔在地上，半握的拳头还没来得及打开，本能地支撑地面。紧接着，右肩头也撞在了地上，80多公斤重的他面朝下扑倒在地，摔出三四米远。

冯宗伟眉头紧锁，感觉左脚腕钻心地疼。左手食指关节在地上蹭出了两个深深的伤口，鲜血很快就沁了出来，染红了一大片沙土。

在地上坐了半个小时，还是站不起来，狼狈的样子惨不忍睹。若是被人看到了，那简直是无地自容。

村委会墙外，传来锅碗瓢盆的声音，各家各户都早早地做起了晚饭，他闻到了菜肴的香味。但这些似乎又离他很远，就像远在千里之外的家人。

他感到从未有过的孤独和无助，眼泪禁不住夺眶而出。

又过了好一会儿，疼痛渐渐缓解，情绪也慢慢平复了下来。

他连打了几个寒噤。坐在地上时间久了，寒意侵入肌肤直至心房。擦了擦眼泪，左脚试着活动了一下，还好，能动，只是崴了一下，没有骨折。

转身，两手扶地，双腿跪在地上，慢慢试着起身，这会儿也顾不得地上脏了。

他勉强爬了起来，一瘸一拐进了楼，就近在会客室的长椅上躺了下来。慢慢脱下袜子，发现左脚踝骨明显肿大了。

都是这鬼天气惹的祸。冯宗伟明白，自己腿脚酸软肿痛，是未适应南方阴雨天气造成的，只要回到北方就会不治而愈。

躺了一会儿，感觉好点了。爬起来想再去厨房做饭，却感觉肚子不饿了。

自己选择留下来，不是找这苦受的，而是来做事的。

想到这里，冯宗伟强打起精神站起身。

雨稍稍停了下来，他一瘸一拐地朝村里的产业路走去。

昨晚，施工队加班对产业路铺设了垫层，他要察看雨洗后的垫层会不会有什么问题。

刚走到半路，又下起了雨。

冯宗伟没带雨具，又不想半途而返，只好拖着病腿继续艰难往前走。

一名老年妇女看见了，她从家里拿了一把伞，边跑边喊：

"冯书记，下雨了，给你伞。"

冯宗伟回头一看，原来是村代理主任杨运华的母亲肖金娣。

冯宗伟摆手拒绝，说自己一会儿就回去，不碍事。

"怎么不碍事？你看这腿都肿得走不动路，再淋雨就加重了。"

肖金娣有些怜惜，又有些生气，她强行把伞塞到冯宗伟的手上说：

"你到大西坝来，就是大西坝人，我们都是一家人，不要把自己当外人。"

一股暖流迅即传遍全身。冯宗伟接过伞，喉咙哽咽，想说谢谢，嘴巴张开了，就是没有出声。

小事见真情。村民把自己当家人看，自己有什么理由不把家乡建设好呢？

冯宗伟看完道路垫层情况，顺道又去走访了几户农户。

十一

睁开眼睛，冯宗伟发现自己躺在医院的床上，鼻子和嘴巴罩上了雾化吸入器。

脸色苍白，呼吸困难，喉咙说不出话来。

晚上十二点，他被紧急送到县人民医院。

医院下了病重通知书，做了气管切开的手术预案。

由于治疗及时，病情才转危为安。

医生说，这是工作太劳累，抵抗力下降引发的急性喉炎。

军人出身的他，身体本来是很棒的。驻村挂职以来，工作压力大，生活没有规律，身体严重透支。

前几天，连续下雨，气温骤降，冯宗伟一不小心就受凉了，有些感冒，说话声音沙哑，但他还是和往常一样马不停蹄地工作。

白天，他跑县城进市里争取草珊瑚种植项目，依托村里1万亩的山林，发展林下经济。

晚上，他走村串户找村民商量，怎样把白莲产业做大做强，在去年50亩的基础上扩大到400多亩，打造十里荷花长廊。

每到一处，他的嘴巴都没闲着，据理力争也好，苦口婆心也罢，直到把对方说服为止。

满身疲惫回到住处，已是晚上十点多，顾不得洗把脸，他一下子就瘫软在了床上，嗓子越来越哑，几乎发不出声来。

躺了一会儿，感觉呼吸急促。他挣扎着起床，喝了点水，打开屋门，想到外面走走，透透气。

呼吸越来越困难，有快要窒息的感觉，豆大的汗珠像雨点一样落下来。

实在撑不住了，他赶紧给村主任打电话："快送我上医院吧。"

车子向县城飞奔而去，到医院的时候，冯宗伟已经昏迷不醒。

医生又是用药又给吸氧的，连续输了五瓶液，直到凌晨四点多，他的呼吸才基本正常，但还是说不出话来。

"冯书记，你太辛苦、太操劳了，以后不要这么拼命了。"

"你要好好地安心养病，我们等着你回来。"

听说冯宗伟病倒了，村民接二连三来到医院看望，把病房都挤得满满当当。

周文顺来了。他拉着冯宗伟的手表示愧疚："不好意思，昨晚九点多，你还带病到我家看望我的儿子，本来今天我是叫儿子一起来看你的，可他现在病没好。"

罗正娣来了。她坐在床沿告诉冯宗伟，她老公赖有发的病好多了，委托她来看望，说声谢谢。

村支书也来了。他安慰道："村里的事情我会处理好，不要太担心。"

县里的领导也来了。他们嘱咐院方多多关照，精心治疗。

冯宗伟不能说话，只能默默地听，轻轻地点头。

两手相握，四目相对，传递的是真情，表达的是谢意。

古话说得没错，"百姓心中有杆秤"。驻村一年多，酸甜苦辣全尝过，一步步走到现在不容易！

现在大多数村民都接受了他，认可了他的工作，感觉所有的艰辛和委屈都烟消云散。自己的付出是值得的，自己的选择是完全正确的。

泪水在眼眶里打转，那是感动的泪、幸福的泪。

积劳成疾，这次的病非同小可，冯宗伟在医院一躺就是半个月。

不过，这半个月，他也没闲着。

无法亲临现场，他通过来看望他的干部群众了解村里的情况。

不能说话，他通过手机短信、微信调度村里的工作。

病情稍有好转，冯宗伟就迫不及待地出院了，神奇地出现在工作一线。

十二

江南风景秀，最美在碧莲。

大西坝 400 多亩荷花次第盛开了。

碧绿的荷叶，婀娜的荷花，红的、粉的、白的，争奇斗艳，煞是好看。

游人如织。会昌县城的居民，还有相邻县市的人们络绎不绝地来到这里休闲赏花，放松心情，体验采莲的乐趣。

循着这花的清香，全国纪念"三个 90 周年"主题采访活动的 38 家网络媒体共 60 多名记者来到大西坝村。

90 年前，八一南昌起义军南下广东途中的第一次大胜仗——会昌战斗就是在这里打响。

90 年后，大西坝沐浴国家支持赣南等原中央苏区振兴发展等特殊政策的阳光雨露，在冯宗伟等各级干部的倾力帮扶下，率先在全县脱贫，成为革命老区打赢脱贫攻坚战的典型样板。

十里荷花美如画。

走在新修好的宽敞的产业路上，记者们目不暇接，眼睛发亮，争相拿出"长枪短炮"，咔嚓咔嚓拍个不停。

正在田里采摘莲子的贫困户周东北成了采访对象。

说起过去，他摇头叹息。44 岁的他从小父母双亡，贫寒伴随着他长大，好不容易娶妻生子，妻子嫌他太穷，抛弃了他和两个孩子。为生计所迫，他长年外出打工，却依然无法改变贫穷的命运。

说起现在，他眉飞色舞。2015 年，他返乡务农，以土地入股的形式加入村里的农业合作社，每年有上万元的分红，农忙时在合作社做工，农闲时参与村里的基础设施建设，一天工钱有 150 元，加上养鸭养鸡，一年下来有 4 万多块钱的收入。去年，他把土坯房拆掉了，建起三层高的小楼房，今年把借的钱都还清了。

记者们听得一愣一愣的，感觉像是听天书。

周东北带着他们来到自己家里，指着崭新的楼房介绍说，像他这样在家门口脱贫的，村里还有 21 户。之所以能有今天的好日子，多亏了北京来的冯书记。

感激和喜悦之情溢于言表。

记者们纷纷掉转身，把冯宗伟围个水泄不通，摄像的、照相的、录音的，各种设备在他眼前晃动。规定的采访时间到了，还有人意犹未尽，问个没完。

"踏遍青山人未老，风景这边独好。"全国众多网媒以这句脍炙人口的诗句为引题，集中报道了大西坝的脱贫秘诀。

一时间，冯宗伟成了网络红人、扶贫干部的典型。

许多地方单位慕名前来参观学习，有的还盛情邀请冯宗伟前去传经送宝。

如果把"第一书记"比作游泳高手的话，我们不光要看他游得有多快有多好，更重要的是看他让多少不会游泳的人学会了游泳，让多少游泳水平不高的人提高了游泳水平。

在江西省扶贫工作座谈会上，冯宗伟的发言得到与会省领导的高度赞赏。

鲜花、掌声扑面而来，各种荣誉接踵而至，冯宗伟被评为"赣州好人"，获得中直机关优秀共产党员称号。

头上的光环越多，肩上的责任越重、压力越大。

冯宗伟起早贪黑，为大西坝的长远发展、长治久安忙碌着。

他引进紫薯种植、肉兔养殖等特色产业，实现多元化增收致富，让村民有更多保障。

他力推村集体经济股份制改革，把村文化广场、文化活动中心及光伏发电等集体资产和收入整合在一起，组建股份制合作社，在共建共享中实现共同富裕。

也许是付出太多的缘故，他总是放心不下村子里的工作，总是想着为村子再多做点事。

他促成一个占地3000多亩、投资3亿元的贡江园项目落户大西坝，以客家文化为主题，打造吃住行玩乐于一体的乡村旅游综合体。

他领导成立了村民理事会、红白理事会、村务监督委员会等群众自治组织，把一些"好苗子"发展成党员，培养选拔为村后备干部，让村务有人管、发展有人推、队伍有人带，真正留下一支"带不走的工作队"。

把这些事情做完，把这些工作安排好，冯宗伟延期一年的挂职时间也到了，但他的心中仍有太多的不舍和牵挂。

"大西坝村就像自己的'孩子'，不管以后怎么变化，我都会一直关注它，永远记得它。"

冯宗伟说这句话时，声音哽咽，眼含热泪，令人动容。

他的心已经留在了大西坝，融入了这块红土地……

本文载于《今朝》杂志（内刊）2018年第1期

大墉春晓

2021年8月2日，对于大墉的村民来说，这个日子是可以载入村史的。

那天，梧凤山上松涛阵阵，莲花寺里梵音缥缈，小黄狗慵懒地蜷缩在墙角，伸长舌头向远处张望着。

邓海生一行三人从千里赣江第一城赣州出发，走厦蓉高速，驱车一个小时来到村里，住进了一户老表的家中。

他们是响应国家号召，由赣州市委组织部选派来驻村帮扶的，名叫乡村振兴工作队。

从此，他们的身影经常出现在乡村田野，他们的足迹踏遍了大墉的沟沟坎坎，他们带来的阳光雨露洒满了7.8平方公里的土地。

党群服务中心建起来了，肉牛养殖的规模扩大了，那个"沉睡"的溶洞开发出来了，前来参观游玩的人络绎不绝，村民脸上的笑容如阳光一样灿烂。

有人评价，村里这两年的变化，比过去十几年都大，可以说迎来了大墉村发展的春天。

一

山路弯弯，田塍叠叠，或许这就是大塆村村名的由来。

这个偏远的小山村，位于江西省于都县禾丰镇西北角，长期以来交通不便、信息闭塞。经过多年的脱贫攻坚，大塆村虽然甩掉了省定贫困村的帽子，但就像是一个大病初愈的人，随时都有积病返贫的风险。

"我们村有脱贫农户98户417人，脱贫不稳定户、边缘易致贫户和突发严重困难户有6户21人，村集体经济收入10多万元，在全镇排名靠后。"村支部书记兼主任李俊峰皱着眉头，向初来乍到的工作队介绍情况。

当晚，驻村第一书记兼工作队队长邓海生就带着两名队员，挨家挨户上门走访，了解情况。

李有生是大塆村有名的贫困户。还没进家门，一股腥臊混杂着霉味扑面而来，让人不由得捏起了鼻子。屋内阴暗，桌凳和衣物散落得到处都是，根本下不了脚。连叫了几声，李有生才佝偻着背从房间走了出来。虽然只有58岁，但生活的重压，让他看起来比实际年龄老了很多。

好汉不提当年勇。10年前，李有生也是生龙活虎的一条汉子。他在广东潮州的一家陶瓷厂打工，妻子刘三妹则在一家蜜饯厂做帮厨，日子还算过得去。变故起于一天下班时，刘三妹顺手拿了点厂里的糖果蜜饯，想带给丈夫尝尝，不料被老板娘看到，当着众人的面训斥了一番，并宣告解雇，永不录用。

打工人也有自己的尊严和脸面，刘三妹很要强，经此打击，整日郁郁寡欢，晚上还经常做噩梦，梦见自己被追杀，整宿都睡不着觉。

潮州是待不了了，刘三妹回到老家，但心灵的阴影始终挥之不去。一向乐观开朗的她变得沉默寡言，不愿与人交流，到医院一检查，说是患了抑郁症。

乡下人哪里听过这种病，刘三妹拒绝服药治疗，病情愈发严重，两年后又得了中风，长年卧病在床，生活不能自理。

李有生还有一个80岁的父亲，儿子在深圳市务工，收入只够养活自己。

因为要照料妻子的生活起居，李有生不能外出打工赚钱，失去了经济来源。村里及时将他们夫妻俩纳入低保户，为刘三妹申请了重度失能人员护理补贴，一家人的生活有了基本保障。

"党的政策就是好，要是在旧社会，讨饭都没有路子。"

长期足不出户，李有生的目光有些呆滞，脸上写满了自卑和怯弱。驻村干部的到来，让他手脚无措，甚至忘了给干部们倒一杯水喝。

"一个大男人整天待在家里，也不是个事。我们能否帮他就近找点事来做？"离开李有生家，邓海生与李俊峰边走边商量着。

幸福的家庭都一样，贫困的家庭却各有不同。

刘生福早年在矿山打工，由于缺乏防护措施，吸进了很多粉尘，得了矽肺病，69岁的他走起路来气喘吁吁，儿子、女儿正在读大学，一年2万多元的学费更是压得老刘喘不过气来。

再穷不能穷教育。村里帮助刘生福家办理助学贷款，申报雨露计划助学金，算是解了燃眉之急。两个小孩勤奋认真，拿到了学校的奖学金。

说到小孩读书的事，邓海生沉默了。他深深地埋下了头，不由想起正在读高三的儿子，想起家中的妻子。

那天，领导找他谈话，请他带队去驻村。邓海生没有心理准备，但作为一名组工干部,一个受党教育培养多年的科长,政治觉悟没的说。他什么也没提,只说了一句:"服从组织安排。"

回到家中,邓海生几次想开口告诉妻子,却欲言又止。他的妻子是赣州一家商业银行支行的负责人,管了十几个网点,平日里忙得脚不沾地。

妻子见邓海生沉默不语、心事重重的样子,就问有什么事。没想到,邓海生一说出口,妻子就表示理解和支持,还说这是组织对他的信任和培养,要好好干,家里的事她会想办法。

晚上儿子放学回家,听了这事,也没说一句反对的话。这时,他才欣慰地发现,孩子懂事了。

"过两年,女儿大学毕业,我的负担就轻了,苦日子就熬到头了。"刘生福笑着说。

邓海生主动提出要与刘生福结对帮扶,"孩子是家庭的希望,以后有什么困难,可以找我们"。

一圈走下来,前前后后花了一个月的时间,驻村工作队基本掌握了实情,摸清了村里的资源现状、人口分布、村民生产生活情况。

经统计,大塆村有 16 个村民小组,611 户 2530 人,人均 3 亩山、3 分田,家家户户都建了砖混结构的楼房,但有近一半的房子常年大门紧闭,全村 1614 个劳动力,有 1400 多人在外务工。

这样一个自然资源匮乏的"空心村",要巩固脱贫攻坚成果,并与乡村振兴有效衔接,并不是一件容易的事。

二

李味生,是村里德高望重的老党员,为人厚道、办事公道,80 岁了,还在担任小组长。

8月的一天，村里召开人居环境整治工作会，各村民小组长、妇女小组长和党员、村民代表共50多人参加。

李昧生早早来到村部，为的是占一个好座位。村部最大的会议室只能容纳30多人，去晚了只能坐到走廊上。里面在讲话，外面叽喳喳、闹哄哄，根本听不到。

正是炎日酷暑，热得人直冒汗。会议还没开到一半，就有一半多的人走了，村干部想拦也拦不住，只能无奈摇头。

这个村部是2006年建的，总共3层，层高只有2.5米，功能不齐全，结构也不合理，进到里面感觉很压抑，老百姓没事都不愿过来。

党组织阵地都不行，怎么服务群众、凝聚力量？得想办法建个新的！

当晚，邓海生就召集村两委干部开会讨论。

李俊峰有点犯难。这位"85后"的村支书，个头不高，言语不多，沉吟老半天才说，不只是他，包括前几任村支书和第一书记在内，做梦都想过要建，但资金不够，就一直拖到现在。

邓海生当场表态："钱不够，我们想办法解决。"

驻村工作队带着村干部东奔西跑，赣州市委组织部带头拨付15万元资金，宣传、政法、民政等相关部门单位也给予了大力支持。也有个别单位婉拒的，说是经费紧张，年初没这笔预算。邓海生没有灰心，在项目启动后又专程去了两次，汇报工作进展情况。这位负责人为他的诚心和执着所感动，特意跑到大塆村实地考察，看到工作队确实是在做实事，听说一些在外乡贤也慷慨捐款，当即表示再难也要想办法支持，几天后就转了40万元过来。

建设村党群服务中心时，正逢雨季。一天下午，第三层楼面混凝土刚浇完，半夜突然下起了暴雨。邓海生从睡梦中惊醒，飞快冲到工地，冒雨与大伙拉起塑料薄膜盖住楼面，水泥浆没有被雨水冲刷，但他们个个都淋成了落汤鸡。

"还是你们有能耐，给村里办了一件大好事！"

2022年7月，大楼竣工。李味生特意前来参观祝贺，从一楼的便民服务大厅、村史馆，到二楼的图书室、老人儿童的专属活动区，再走进三楼一个能容纳100多人的会议室，他左瞧瞧右看看，向邓海生竖起了大拇指。

"硬件条件好了，党员的素质能力要配得上才行。"邓海生又有了新的目标。

大塆村有党员52名，平均年龄58岁，高中及以下文化程度的超过85%，走在前、做表率的作用在他们身上难以体现出来。驻村工作队发挥派出单位抓党建的职能优势，从建强支部堡垒入手，动员在广东服装厂做高管的刘增福回乡担任村文书，组织党员外出参观学习，邀请医疗专家前来义诊，为村民免费体检。每逢春节、七一建党节、重阳节等重要节日，市委组织部的领导都会来到村里走访慰问，向老党员、困难党员送去关怀和温暖。

过生日，在城市是很常见的事情，但在大塆村只有到了60岁以上才会过，而且是生活富裕、子女孝顺的家庭才有。

8月15日是李味生入党的日子，村支部给他过政治生日，全体党员为他送去真诚祝福，一起分享生日蛋糕。

接过生日贺卡，重温入党誓词，回望55年前入党时的激情岁月，李味生激动得哼起歌来："唱支山歌给党听，我把党来比母亲……"

口里的牙齿脱落得所剩无几，歌声明显漏风跑调，但他的情感真挚，唱完后，深陷的眼眶里噙满了泪水。

李味生的人生历尽坎坷。他出身贫寒，但踏实肯干，一度是村里的生产队长。后来家庭发生变故，妻子早在20多年前就因病去世，唯一的儿子不太争气，初中毕业后外出打工，干一天玩三天，自己都难以养活。这几年既不回家，也无电话打来，更别说给他过生日了。

好在李味生天性乐观，他在屋前种菜养鸡，日子虽然过得清苦，却也自在。

驻村工作队员曹幸闯入了他的生活。这位"95后"的年轻人，是省组选调生，一有时间就陪他聊天拉家常，有时自掏腰包买点油米送过去，还会顺手帮他挑挑水、种种菜。

李味生耳朵不太好使，说话基本上要把嘴巴贴着他的耳边扯着嗓子喊，问到哪年入党，什么时候当小组长，都很大声地回应，当问到儿子在哪里的时候，李味生却只是张大嘴巴欲言又止，然后笑一下不再说话。

曹幸见状略感尴尬，便转移了话题。李味生在屋子里兜兜转转，端杯子，提开水，抓茶叶，拿果子。尽管连声叫他不用麻烦，快坐下聊聊就行，但都没用，只有完成了这些动作，他才会坐下，还把吃的都推到曹幸面前一个劲地招呼。

2022年，李味生患食道癌住院，打电话给他儿子，一直打不通，找身边的朋友也联系不上。曹幸充当他的亲人，跑前跑后，拿药送餐。

"我们代表村党组织来看望你。"李俊峰前去慰问时，老人的手抖动着攥紧红包，眼里闪着泪光，嘴巴哆嗦着，就是说不出话来。

病情稍有好转，李味生出院后，拖着虚弱的身体，拄着拐杖，坚持要将12个鸡蛋送到村部，说是自家养的鸡生的，一定要收下。

这是他对党组织最后的感恩回报。2022年9月，李味生离开了人世，他的儿子还是没有回来。村委会帮他料理后事时看到，那张政治生日贺卡，摆放在病床前最显眼的位置，成为他心中永远的骄傲。

三

乡村振兴战略20字总要求中，产业兴旺是重点，也是难点。

大塆村三面环山，是丘陵山区中的一个小盆地，发展产业的基础薄弱。

驻村工作队通过调查走访，了解村民发展产业的现状、困境，请来江西省农科院和赣州科学院的专家团队分析研判，因地制宜制定产业发展规划，确定7个农业产业重点项目，并将目光首先投向了生姜。它是多年生草本植物，喜欢温暖湿润气候，这里的山区环境和砂质土适合种植，而且多年来村民都有零星种植。

村干部却有不同看法。三年前种植香瓜的失败教训历历在目，让他们心有余悸。

那时，村合作社按照上级要求，种了79亩大棚香瓜。眼看丰收在望，却遭遇了一场特大洪水，俗称"7·14洪灾"，大热天，经水这么一浸泡，苗死瓜烂，5万元的投资打了水漂，化为泡影。

一朝被蛇咬，十年怕井绳。主抓农业产业的村纪检委员李洪德提出，有没有可能通过奖补，或者其他兜底的办法来壮大村集体经济呢？

他们希望靠着组织部这棵"大树"，吃"政策饭"。驻村干部明白他们的心思，也理解他们的顾虑，但不敢闯、不去试，就更没有希望。

邓海生带领村干部外出考察，邀请了一位种姜大户前来现场指导，让他们认识到生姜种植的前景，打消思想顾虑。

本想扶持本村的种植户，但几个有生姜种植经验的人都怕担风险，只好舍近求远，引进邻村有经验的大户负责田间管理。

2022年4月12日，在绵绵细雨中，100亩食用小黄姜种了下去，村股份经济合作社作为经营主体,还联系了赣州一家公司包销。

一切都安排稳当,大家都在盘算,9个月后就有收成,亩产1500公斤以上,除去成本可赚4000元。

人算不如天算。从6月开始,太阳炙烤着大地,村里连续100多天干旱少雨,河床干涸,山泉水断流,人畜饮用水都成问题。

这是近百年来从未有过的旱情。有村民偷偷来到山上的莲花禅寺烧香拜佛,祈求上天降雨,但望眼欲穿,甘霖迟迟没有降下。

"大塆村生姜种植基地",这几个红色的大字像一团团火球在地上翻腾跳跃,田里的裂缝越来越多、越来越大,刚长出来的姜苗枯萎倒地。

村干部急得团团转,他们请人打机井取水,连续两天不停歇,换了3个位置,从50米打到100米还不见水,最终打到180米深。

"打到水啦""有水上来了",就在大家欢欣鼓舞、奔走相告之时,正当地下井水要漫进姜苗地的时候,附近的村部墙面惊现裂缝,紧挨着的民房墙脚与地面连接处撕开了一个口子,连门都打不开来,马路中间也裂开了一个大坑。

村民脸上的笑容瞬间消失,取而代之的是惊恐的眼神。他们中有人怀疑打井冲撞了土地神,触动了地下龙脉,犯了大忌。

机井取水被紧急叫停,邓海生请来赣州市住房保障中心的专业技术人员前来勘察,发现是地下空洞,打机井造成地下水和泥浆流动引发地面下陷。随后,通过地下灌沙,注入了60吨水泥浆固化,才消除了安全隐患。

眼睁睁看着生姜渴死,不仅前期投资血本无归,还倒贴了打井的费用,这代价太沉重了。

一直信心满满的邓海生被迎面泼了一瓢冷水,尝到了失败的苦楚。以前常听人说农村生产要"看天吃饭",他总有些不信,这次算是领教到了。

四

生姜种植夭折后,驻村工作队并没有一蹶不振,而是憋着一股子气,瞄准了另一个产业——肉牛养殖。

莲花山下,丛林之中,隐约传来哞哞的牛叫声。循着声音走去,邓海生来到一个养牛场。这是村里的致富能手刘济才创办的,规模不大,年出栏约100头,但利润可观,每头可净赚4000元。

"你是党员致富带头人,要带领大家共同富裕才呱呱叫。"邓海生说。

刘济才面露难色,说有亲戚朋友想投资入股,但这山坳场地太小,接纳不了。

要干就干大的!邓海生与村两委干部商议,决定另辟新址养牛。

肉牛养殖的限制性条件多,既要交通便利、水源充足,又要空气流通好,还得远离居民区500米以外。

大家凑在一起提出了五六个备选的地方,但都是山高路远之地。炎炎烈日,头戴草帽,手持镰刀,一路爬山涉水、披荆斩棘,逐个现场勘察比选,最终选定河塘组桥坑的一个山窝作为养殖基地。

这是一个狭长的山谷地带,占地22亩,原先住了五六户人家,前几年搬迁安置到了县城,只留下几间残破的土坯房,有的已经倒塌,长满了野花杂草。

征地的事由村干部负责。李俊峰请这几户村民到餐馆吃饭,边喝酒边做工作。听说村里要建养牛场,大家都表示支持,唯有一个赖姓村民狮子大开口,提出的土地流转租金高出正常价格十几倍,而且要求30年的租金一次性付清。

李俊峰带着村干部，拎着水果牛奶，多次到县城登门造访，反复跟他讲道理，算经济账，对方就是不松口。

有人提出尽量满足对方的要求，钱不够，就从项目经费中拿点出来。

项目经费怎能挪作他用？再说，也不能纵容这种漫天要价的行为。邓海生不同意，建议村干部想办法再做工作。

无奈之下，大家又分头通过各种关系找到他的亲戚朋友去说情，讲明产业发展的好处，搬出国家法律法规，以宗族乡亲的名义套近乎。

又磨了一个月，最后的"城堡"被攻破，肉牛养殖基地很快破土动工，取名为"海犇牛场"，寓意是牛场的规模大、发展势头好，牛气冲天，带领大家奔向美好的未来。

五

一山放过一山拦。

养牛场选址建设问题解决后，如何经营管理又产生了分歧。

当前，一些地方发展农业产业存在一种弊端：企业老板与村合作社以及农民之间利益联结机制不合理，村里只得租金或场地管理费，存在"富了老板，凉了农民"的现象，也出现经营不善、老板跑路的情况。

一包了之，虽然省事，但村集体和农民获益不多。万事开头难，邓海生提出村干部入股肉牛养殖，带头致富，带领群众致富。

"村里的事都忙不过来，哪有时间来养牛？"

"我没养过牛，不懂技术，这个风险太大。"

"种生姜都失败了，养牛能好到哪里去？"

他们还是想当"包租公"。

失败不能成为放弃努力的理由。邓海生带着村干部到会昌等周边县市养牛基地学习,还远赴千里之外的内蒙古、黑龙江等地考察牛犊行情。

北方的牛犊与本地的土黄牛相比,骨架子大,成活率高,出栏快,但一头就要上万元。有村干部觉得成本太高,万一亏了怎么办?还有的说自己每月工资就2000多元,哪有钱拿来入股?

邓海生一一回应解答,表示会负责对接银行,争取授信贷款,享受国家贴息50%。

还是有人无动于衷。

镇党委书记谭永生看不下去了,他说:"驻村工作队用心良苦,想方设法让你们赚钱,这也不行,那也不好,还怎么当村干部?怎么让群众服你们?"

批评+命令,大家才勉强同意,却又提出要参与具体的经营活动。

"你们都来管理,那我听谁的?谁又会听我的?"刘济才有些不乐意了,他早先也是村干部,看起来憨厚老实,实则精明能干,有经济头脑,担心干预太多影响正常经营管理。

经过多轮沟通、多次讨论,最终统一了思想,村干部派出代表参与养牛场工作,同时也给予刘济才绝对的经营自主权。

驻村工作队兑现承诺,用好乡村振兴产业扶持政策,帮助刘济才授信贷款200万元,5名村干部每人30万元,每名干部又带动3至5户贫困户入股肉牛养殖,共吸收38户农户出资120万元加入村合作社,形成"村合作社+大户+村干部+农户"的发展模式。村集体和农户不仅占股分红,还通过固定资产投资、投工投劳等方式获得相应收入,达到多赢共富的目的。

近半年来,为了养牛场的建设,邓海生可谓殚精竭虑、寝食难安,整个人都消瘦了不少。他就像一头老黄牛,默默耕耘,负重前行,从不叫苦喊累。

一天早晨起床，邓海生突然感觉心跳加快，全身冒虚汗，差点晕倒在地。医生检查，心跳1分钟200次，比正常值高出3倍。

这是心脏早搏引起心动过速，是精神紧张、疲劳过度造成的，医生叮嘱他好好休息。但当时养牛场建设正处于关键时期，根本停不下来，只能靠吃药来缓解症状。

2023年6月，200多头牛犊从内蒙古大草原运来，住进大塆的"新家"。它们是清一色的西门塔尔牛，平均每头有300公斤。

工作告一段落，邓海生才到医院做了手术。躺在病床上，他还放心不下这些北方来的牛犊，担心它们适应不了南方的气候、生活环境，万一有个闪失，怎么向村干部和村民交代？这样想着，没过几天，他就出现在了养牛场。

六

从平地上高高隆起的嶙峋山体，长满灌木杂草，远远看去像一个圆圆的饭钵。

这是大塆村的一个独特景观，名叫双石溶洞。

没有人知道它形成于哪个年代。有年岁大的村民介绍，他们小时候到那里玩过，里面黑乎乎的，高低不平，点火把进去，偷了家里的红薯在里面烤着吃，20世纪70年代还在里面看过电影，留下很多美好的回忆。长大后再没进去过，也很少听人提及。

溶洞就这么沉睡了半个世纪。驻村工作队到来后，才将它唤醒。

那是一个冬天的下午，邓海生他们去爬这座石灰石山，来到半山腰，只见一个宽不足1米、高不过2米的石门，弯腰进去，仿佛到了一个温暖如春的世外桃源。洞内钟柱倒悬，奇石林立，石瀑、石幔、石帘、石笋、石象等,形态各异、绚丽多姿、气象万千。

这个天然形成的溶洞,面积有 3000 多平方米,由一个主洞和一个支洞构成,整体形似兔子,可容纳上千人。洞顶北面还有一个菜刀状的狭小天窗,阳光散射进来,照得人影飘忽,恍如进了一个光怪陆离、神秘幽深的神话世界。

在与村民的闲谈中,他们还听到很多红色故事。

时光追溯到 90 多年前,革命的战火燃遍整个于都。1931 年秋,彭德怀率领的红三军团开赴禾丰地区打土豪分田地,帮助地方建立苏维埃政权。大塆村的贫苦群众踊跃参军参战,土豪地主如惊弓之鸟,纷纷携带财物进入溶洞隐藏。红军战士乘胜追击,将谷壳和辣椒苗堆在洞口,点燃并摇风车将浓烟灌进洞内,逼使土豪地主出洞缴械投降,洞内的财物也被搬出来分发给了群众。

中央红军主力长征后,项英、陈毅领导 1.6 万余人留下来坚持游击战争。1935 年 2 月,留守部队在于都南部山区被敌人重兵包围,他们在禾丰珠塘村腊树下召开紧急会议,决定分九路突围,伤病员就地安置在老百姓家中。"清剿"团到来时,大塆村的百姓将 30 余名红军伤病员转移到溶洞中,给予悉心照顾和保护。

为了帮伤病员找草药治病,他们不顾危险登上了高山悬崖,宁可自己不吃盐也要拿盐给伤员清洗伤口。尽管家里缺衣少食,还将米饭放在竹筒里,利用上山砍柴的机会偷偷送给伤病员吃。

这是一段不能忘却的红色记忆,溶洞上面的斑斑弹痕,历经岁月的侵蚀,依然清晰可见,默默讲述着军民生死与共的鱼水深情。

当年在溶洞隐藏的红军游击队中,有个 3 岁的女孩陆叶坪,她是时任红军总政治部宣传部部长陆定一的女儿。怀有身孕的母亲唐义贞跟随部队转移到福建长汀一带打游击,不得已委托一个叫张德万的红军把她寄养在禾丰乡赖家。1935年唐义贞被捕牺牲，张德万也不知所终，陆叶坪的身世成谜。经过53年的苦苦寻找，直到1987年冬天，这对父女才相认团圆。陆定一感慨地说："感谢苏区人民，养育之恩，恩重如山啊。"

这样的故事，在大塝村俯拾皆是。全村有名有姓的烈士就有18名，其中有个烈士刘隆祥，40岁代子从军。一位红军指挥员看他年纪大，劝其回家，刘隆祥坚持不回，不让他上前线作战，他就在后方做炊事员，跟随主力红军长征，后来杳无音讯。

"生活在和平安稳的年代，我们要认识到今天的幸福生活来之不易，溶洞就是很好的红色教育基地。"在村干部会议上，邓海生的一席话，催生了又一个产业。

会上达成共识，这个溶洞是红军留给村里的宝贵资源，不仅要保护好，更要开发利用好，使之成为村集体经济的增长点。

然而，对溶洞开发会不会造成塌陷呢？为了慎重起见，村里请来于都县自然资源局的地质勘查人员对溶洞进行安全评估。得出的结论是，地质景观发育良好，滑坡、崩塌、沉降的可能性小，安全性较高。

有了专业机构的调查评价，邓海生信心倍增。他积极向上级汇报，将大塝村纳入市级红色名村，争取项目资金对溶洞进行保护性修缮，安装照明设备，砌好台阶，添置桌凳。

赣州旅游投资集团的老总来了，对溶洞开发进行规划设计，在山下配套建设停车场、公厕，在洞口前辟出一片平地，立了一个红军游击队的雕塑。

赣州市委党史研究室、江西瑞金干部学院的领导专家也来了，指导开发出"人民的力量""乌云下的彩虹"等红色教育培训课程。

2022年8月，大塝村迎来首批学员。江西省太平保险公司70多名党员沿着新修的水泥步道拾级而上,来到红色溶洞参观学习,听一个红色故事、看一场红色电影、上一节现场教学课、观一幕情景演出剧。他们在惊叹大自然鬼斧神工的同时,也接受了一次生动的革命传统教育。

当天中午,他们还兴致盎然地在村里用餐,红烧茄子、辣椒炒牛肉,这些就地取材的农家菜,让大家吃得津津有味,满头大汗,满意而归。

村集体也从中尝到甜头。按人均 60 元的伙食标准,除去各种成本,净赚 1800 元。

历史红、生态绿、空气好,大塆村发展乡村旅游有着得天独厚的优势。禾丰镇因势利导,将红色溶洞和邻村的兰花科普基地、红三军团旧址、农民协会旧址等景点串联起来,打造成一条精品线路。

一向冷清的大塆村热闹了起来。村里与第三方运营公司合作,按中小学生研学每人 2 元的标准抽取服务费,仅此一项,每年可为村集体带来 8 万元的收入。

七

溶洞摇身一变,成了"金山银山"。

刘林福住在溶洞的脚下,看到越来越多的外地人从家门口走过,一度紧锁的眉头渐渐舒展开来。

他和妻子早年在广东普宁打工,做废品收购业务,两个儿子也在外务工。2021 年的一天,他的妻子突然感觉浑身无力,面色苍白,头晕胸闷,被诊断为急性白血病,生活从此急转直下。

刘林福家的情况,是黄茂生最早了解到的。这位驻村工作队老队员,从脱贫攻坚开始辗转帮扶了 3 个村,虽然 50 多岁了,但工作干劲不减，没事就到各家各户走走看看，有的情况村干部没掌握，他却很清楚。

天刚蒙蒙亮，黄茂生就起床跑步了，路过刘林福家门口，听到屋内一个女人的啜泣声。

"我不想去治了，到头来还不是人财两空。"说话的是刘林福的妻子，做一次透析要花9000多元，不仅让她形容憔悴，也让这个家不堪重负。

"不到最后都不能放弃！"刘林福表示要咬牙坚持。

一条小黑狗蹲在地上，竖起耳朵在听他们说话。

"有困难，我们一起来想办法。"黄茂生敲门进去劝慰，责怪他们没把这事告诉村里。

因病返贫致贫，是农村最容易出现的情况，也是巩固脱贫攻坚成果最需要用劲的地方。村里雪中送炭，及时将刘林福家纳入防返贫监测户，精准帮扶，享受90%的住院治疗报销。

有事没事，黄茂生都会来刘林福家坐坐，了解病情，监测家庭收支等情况。来的次数多了，那条小黑狗也认识他了，远远看到就"汪汪汪"摇起尾巴表示欢迎。黄茂生去跑步锻炼，它也紧跟着，引得村里的一群狗尾随其后，你追我赶，形成一道奇特的风景线。

虽然尽了最大努力，刘林福的妻子还是医治无效，于2023年9月离世，年过半百的刘林福陷入悲观绝望之中。

家门口的溶洞，是最熟悉不过的。每当心烦意乱的时候，刘林福就会爬到山上，出一身汗，抽几支烟，让心中的苦闷消散开来。

前来爬山游玩的人越来越多，丢弃的果壳、矿泉水瓶随处可见。职业习惯使然，刘林福总会下意识地拾捡起来。

家里也能收废品，刘林福重操旧业。

镇里驻片干部刘罗生介绍刘林福加入村级供销综合服务社，帮助他申请免息贷款。为降低产业发展的风险，村集体经济组织与市县两级供销社合作，共同投资创办了全县第一家村级供销综合服务社，依托这个综合性合作经济组织的资金、项目、物流、网络等优势，吸引农户以土地经营权、劳务、技术等形式参与进来。

作为经营主体，刘林福享受到供销社的物流和供应链服务，再生资源回收业务做得有些起色，每月有小几千元收入。

刘林福还在家里开了一个副食百货店，有时到溶洞景点卖点饮料，吃起了旅游饭。虽然赚的钱没有在外打工时那么多，但心里踏实。

一辆辆旅游大巴开进村里，一批批学员走进溶洞，每到周末和节假日，大墹村人气爆棚，成为网红打卡点。

刘庚元和刘水元坐不住了。他们是堂兄弟，也是大墹村的党员和小组长。虽然他们都年过古稀了，但干事创业的劲头不减，便合伙在溶洞边建了一个儿童充气城堡。

2023年春节期间，这个儿童乐园开业了。一时间，游人如织，车子从村头摆到村尾。孩子们在充气城堡中尽情玩耍，家长们则在一旁拍照留念，欢声笑语回荡在溶洞的每一个角落。

8000多元的项目投资，4天就收回了成本。在刘氏兄弟的影响带动下，其他村民也把家里的土特产拿出来展销，光酸菜一天就卖了1000多元钱。

红色旅游就像刚刚升起的太阳，给大墹村带来无限朝气和希冀！

八

"要彩礼，买卖婚姻实在太守旧。"

"让父母背负外债，天天都发愁。"

夜幕降临，大塆村的多功能广场热闹非凡，一台农民"村晚"正在激情上演，乡亲们围了里三层外三层，一个《要彩礼》的小品让他们看了哭笑不得。

高价彩礼是压在农民头上的一座大山。小品所反映的，正是农村的真实现状。女孩出嫁，不仅要金戒指、金耳环、金项链，男方还得给女方父母下聘金，百元大票用秤称够三斤，少说也有二三十万元。这种风俗陋习在当地根深蒂固，而且相互攀比、水涨船高，让年轻人不堪重负，引发许多家庭纷争和社会矛盾。

节目的编创者，是前任村支书华彩英。她发挥自己的文艺特长，指导身边人演身边事，以此倡导婚嫁新风。她还把村里的妇女组织起来，成立高跷舞队，白天干活，晚上娱乐，既富口袋，又富脑袋。

这两年，每逢元旦、春节等重要节日，大塆村都要举办文艺汇演，男女老少齐上阵，吹拉弹唱乐悠悠，文化气息在山谷田野间滋长着、充盈着。

李宝石是县城于都中学的物理老师，退休后落叶归根，回到老家居住。他"老夫聊发少年狂"，钟情于诗歌创作，写了不少赞美家乡、讴歌新时代的作品，最出名的要数那首诗歌《秀美大塆村》："梯田美兮石寨俊，古寺俏兮溶洞深，厦蓉高速风光好，屋美路平添新景。"

大塆村的发展变化，李宝石看在眼里，诉诸笔端："我问同伴，萦绕在我脑海里的弯曲泥泞小路哪去了？我问先祖，低矮阴暗潮湿的小屋是你收走了？我问土地爷，荒山野岭怎么就全变绿了？"

他记得当年住过的老旧房子，几乎是屋檐挨着屋檐，厕所门对着住房窗户，那粪臭味终日萦绕鼻端。现在好了，村里的路越修越宽，卫生间设在各家各户，到处整洁漂亮，人们的精神面貌焕然一新。

"改革路上话创新,全体村民一条心,你追我赶奔小康,建设富裕新农村。"李宝石还把这首诗谱成歌曲,成为耳熟能详的村歌,在大塆村,连3岁的小孩也能哼上几句,成为村里晚会的保留节目。

以文化人,润物无声。2022年4月,村里号召在外乡贤捐款,筹集资金15万元设立了乡风文明基金,用于奖励资助敬老孝亲、见义勇为、乐于助人等方面的好人好事。

大塆村的刘美华是村里公认的好媳妇,2023年村里组织"十大孝子(孝媳)"评选,她榜上有名。

刘美华的丈夫在外务工,婆婆患有严重的风湿病,落下二级残疾,生活难以自理。刘美华既要干农活,又要一日三餐照顾婆婆,每个月还要带老人去赣州看病。她经常早上四五点起床,赶到医院忙前忙后挂号取药,陪床照顾,不认识的都以为她是老人的女儿,认识的人则说她比女儿还亲。

看完病,刘美华拎着大包小包的药物回来。婆婆吃药就像吃饭一样,每天一大碗,一餐不吃都不行。由于长期服药,引发骨质疏松和肺纤维等疾病,老人夜不能寐,刘美华经常要陪她说话,服侍她睡着了,自己才上床歇息。

都说久病床前无孝子,刘美华20多年如一日照顾婆婆,从来没有一句带情绪的怨言,她的行为在当地传为美谈。

领奖晚会上,刘美华戴上了大红花,接过600元的奖金,这位勤劳善良的客家妇女动情地说:"这个荣誉不仅仅是对我个人的肯定,更是对我们全村女性的鼓励。"

乡风文明如春风荡漾,似春雨润人。在组织了"十大孝子(孝媳)"评选后,大塆村又开展了"十大乡贤"推选活动,一些善举懿行得到广泛点赞传颂。

九

"哞……哞……"牛的叫声响起,打破了山野的宁静,惊飞了一树的鸟儿。

邓海生正在养牛场草料间下货,闻声赶到牛棚看个究竟。看到"老朋友"来了,这些牛叫得更响更欢。

食槽里空空如也,原来它们饿了。邓海生立马打开电闸开关,玉米精饲料就在食槽里缓缓流动起来。

这批牛1个月能长膘40公斤,8个月就可出栏。看着它们吃得津津有味,邓海生的心里美滋滋的。

他算了笔账,按照每头牛4000元的利润,第一年就可净赚80万元,村集体可以从中获得8万元的场地租赁费,村合作社可领取近30万元的分红,农户通过入股分红、产业奖补等形式,可获得500—1000元的收入。

资源变资产,资金变股金,农民变股民。依托供销社这个国有平台,村里捆绑运营养牛场、红色溶洞、村集体食堂等项目,强村富民的目标正在一天天变为现实。

想到这些,邓海生心花怒放。空气中飘散的牛粪味,他闻起来都觉得是香的;此起彼伏的牛叫声,听起来是那么悦耳动听。

邓海生走到一头牛跟前,摸摸它的耳朵,那牛竟然伸出舌头来舔他的手,暖酥酥的。牛通人心,人岂能无情?

不知不觉,邓海生已经在村里干了两年。大塆村实现美丽蝶变,被选树为全省乡村振兴示范村,一幅产业兴旺、生态宜居、乡风文明、治理有效、生活富裕的美好画卷正徐徐展开。

老旧的村部被装修一新,改造为村集体食堂——禾木餐厅,村供销综合服务社也设在那里。货架上，日用消费品、快递、农资化肥、烟花爆竹等摆放整齐，琳琅满目。每天人来人往，交易繁忙，村民在这里放心购物，他们种的蔬菜、脐橙、茶油等农产品，也从这里销往外地。

一度萎靡不振的李有生又挺直了腰杆。2022年10月，村里给他安排了生态护林员的公益岗位，时时抓防火，处处保平安，不仅每月增加了800元的收入，整个人也精神焕发、笑容满面。2023年1月，这位"巡山大王"又被选为村小组长，公家有什么事，他一叫就到，每天累并快乐着。

最让邓海生欣慰的是，原来思想保守、观念落后、瞻前顾后的村干部们，经过两年的磨炼，变得更有想法、更加主动作为了。

李俊峰的变化最明显。他沾着帮扶单位的光，外出参加了不少学习培训，见识多了，眼界也开阔了。这两年时间里，他工作量增加了好几倍，能力也提升了几个档次。溶洞周边的配套设施建设，需要征用4个组20多户农户的宅基地，李俊峰不等不靠、迎难而上，不厌其烦地做工作，没花一分钱就把任务完成了。

如今，李俊峰还兼任村集体经济合作社和村供销合作社的理事长职务，重任在肩，再苦再累也毫无怨言，被评为省、市"担当作为好支书"。

两年的时间，邓海生付出了不少，也收获了很多，得到村民认可，获得江西省乡村振兴优秀驻村干部的荣誉。

两年了，按规定是可以换人的，但邓海生和他的队员一致选择继续留下来。

"在这片土地上，我们现在只是撒下了希望的种子，还想看着它们开花结果。"

养牛场是邓海生最放心不下的，他想亲眼看到这批牛出栏，他还计划扩大养殖规模，让全村人都能从中获得收益。

还有那个溶洞，他们聘请中国美术学院的老师高标准打造南方红军九路突围纪念雕塑。下一步还计划建设纪念展馆、纪念亭，打响红色品牌，做大红色产业，传承红色基因，为大塆村的发展注入澎湃不息的精神力量。

广袤乡村，大有可为。他们深深爱上了这片土地，决意要把它打造成为赣南革命老区共同富裕先行示范村、乡村红色旅游首选目的地。

三年后的大塆，像一支浪漫明丽的夜曲，唱起来总是爱意绵绵，充满遐想；

三年后的大塆，像一篇优美洒脱的散文，读起来琅琅成诵，诗情荡漾；

一幅幅宏伟蓝图，需要我们的苦干实干，焕发属于我们的荣光……

在村里的一次文艺晚会上，他们深情遐想、纵情歌唱。

是的，那里的一山一水已经镌刻在他们的记忆深处，那里的一草一木也将在他们的汗水浇灌下变得更加茂盛和丰饶。

本文作于 2023 年 11 月

第三辑
故乡亲情

童谣里的故乡

"月娘月光光,秀才郎,骑木马,过阴塘。阴塘水深深,娘仔去载金,载无金,载观音……"

这是一首流传于广东潮汕地区的童谣。每次唱起它,魏惜娟总要面朝南方,眼含泪光,心中涌起无限的乡愁,原本轻快愉悦的旋律也变得凝滞低沉起来。77 年了,家乡的面貌早已模糊,家乡话也听不懂了,但那首童谣始终记得清楚。

"观音爱吃好茶哩来抓,东陇东陇山,东陇芝娘会打扮,打扮儿夫去做官,去哩草鞋加雨伞,返来白马挂金鞍。"

唱着它,魏惜娟跨越了千山万水,经历了沧海桑田,从青丝走到了白发,从苦难走向了幸福。岁月踩着或深或浅的印痕一路向前,她总算在有生之年回到了魂牵梦萦的故乡,见到了日思夜想的亲人。

一

2017 年 7 月 1 日,回家的日子。香江跳起欢快的舞蹈,狮子山穿上节日的盛装,香港举办系列活动庆祝自己回到祖国母亲怀抱 20 周年。祖国内地也是欢声笑语，十几亿中华儿女手捧紫荆花，为这位风华正茂的游子献上最美的歌。

国运与家运相连。在国家富强、民族团结的盛世中华，一个离散家庭的团圆剧也在香港倾情上演。

7月8日晚上10点，江西省龙南火车站，80岁的魏惜娟老人登上了南下深圳的列车。此行她要前往香港与从未谋面的弟弟见面，身后跟着的陪同人员有21人，包括2个儿子、4个女儿、2个儿媳、5个孙子孙女，以及外孙媳妇、曾外孙女等。

魏惜娟身材瘦小，脸上爬满皱纹，但耳聪目明，身体硬朗，全然没有那种老态龙钟的模样。平常这个时候，魏惜娟早就上床入睡了，今天却一反常态。上车后，大女儿钟美蓉几次催她躺在卧铺上歇息，她却执拗地坐在走廊的座位上，眼睛直望着黑魆魆的窗外，神态显得有些亢奋。

"弟弟长得像我吗？他会不会认我这个乡下的姐姐？"魏惜娟在脑海里千百遍地模拟姐弟相见的情景，心中充满期待，又有些惶惑不安。

时间不紧不慢地穿过黑暗，迎来黎明。魏惜娟一行抵达深圳后，坐汽车直奔罗湖口岸。受弟弟委托，她的3个外甥已在此等候多时。

"姨妈，真的是您吗？如果能早几年认到亲就好了，我妈妈临终前都还念叨您呢。"外甥曾昭才紧牵着魏惜娟的手动情地说。

9日上午10点，魏惜娟一行顺利通关，在香港亲人的引领下，坐地铁到尖沙咀，入住一家假日酒店。

来不及抖落旅途的灰尘，更无法按捺那颗激动的心，一位面容清瘦、满面红光的老人敲门进来了。

"我是魏来翔，你的弟弟呀，姐……"来人主动伸出手，握住了魏惜娟那双干瘪粗糙的手。

"哎呀，老弟，你让我找得好苦哟。"四目相对，泪眼模糊，恍如梦中，姐弟俩怔怔地僵在那里，显得有些不知所措。在场的人纷纷涌上前去，拉着他们坐下，听着他们讲述那些不堪回首的陈年往事。

魏来翔告诉魏惜娟，为躲避日本的侵略屠杀，父亲在1938年就从潮汕老家来到香港做生意，两年后又把母亲和姐姐接了过去。没承想，香港也不是安全的避风港，更不是什么世外桃源。由于英国对香港实行殖民统治，华人受歧视，只能做些下等的苦力活维持生计。一开始，父亲做洗衣粉，被砸瞎了右眼，后来改做潮汕粿品小吃，生活朝不保夕。那时，父母先后生下两个哥哥，均因贫病交加过早夭折。

"我出生时，日本投降了，生活才慢慢好转。"魏来翔放慢了点语速说，"但是，爸妈都老了，是楚娟姐把我抚养成人。"

"姐姐比我大10岁，我记得那时在揭阳老家，她总是护着我。"魏惜娟插话说。

…………

70多年的国事家史，总有说不完的酸甜苦辣。虽然是第一次会面，这对姐弟却一见如故，这就是血脉亲情的神奇力量。晚饭后，他们约好第二天去祭拜父母，告知父母这个姐弟相认的特大喜讯。

这是一处没有规划的乱坟岗，俗称"快活谷"，位于香港岛中部湾仔区，最早为赛马场，1918年2月发生震惊中外的"火烧马棚"大惨案，600多人葬身火海，从此这里荒草萋萋，无人问津。魏惜娟的父母于20世纪五六十年代相继去世，姐姐魏楚娟牵头把奶奶的骨灰从揭阳老家带到香港，和父母一起合葬于此。每年的清明、冬至，姐弟俩都会来此扫墓寄托哀思。

"爸、妈、奶奶，你们看，今天谁来了？惜娟姐回家了。"魏来翔蹲在墓碑前，一边点燃香烛，一边喃喃自语。

"爸、妈、奶奶，我是惜娟啊，我不孝哇，现在才找到你们……"魏惜娟扑通一声跪在墓前，泣不成声。

山静默，水无声，只有墓前的小草轻轻随风晃动。近八十年骨肉分离，半个多世纪阴阳两隔。他们若地下有知，定该含笑九泉了。

二

寻亲是魏惜娟最大的一块心病。

近些年来，她经常梦见自己的故乡亲人，梦醒后再也睡不着，于是起身在家门外的这条山间小路上走走停停，寻寻觅觅，时而向远处张望，时而俯身在地上拾捡什么，神色有些迷茫和伤感。

"原来这里是土路，坑坑洼洼，不到两尺宽，我被卖过来时，就是走的这条路。"天刚蒙蒙亮，魏惜娟就迫不及待地拉着小儿子钟国标，来到这条弯弯曲曲的水泥路前。

母亲想家了，但她的老家在哪呢？钟国标多次追问，魏惜娟只说她是广东潮汕人，但具体是潮汕哪里的，自己也语焉不详。

魏惜娟依稀记得，自己的家不靠山、不靠海，没有什么田地，出门不远有一条河，宽约 40 米，有小木船航行。家里有奶奶、爸爸、妈妈和姐姐。大约 5 岁的时候，父母带姐姐去香港做生意，自己则与奶奶相依为命。

七八岁的时候，家里断了炊，吃饭有一顿没一顿的。一天，奶奶把她搂在怀里含泪说："孩子呀，我老了，养不起你，听说江西有饭吃，你去不去呢？"

魏惜娟也不问江西在哪儿，直截了当地回绝："我不去，我要在家等爸妈回来。"

砰砰砰,夜晚有人敲门。魏惜娟以为是父母回来了,腾地从床上爬起来,看到的却是三个持枪闯进来的日本兵,其中一个还戴着眼镜,凶恶的眼光像一把把匕首透过镜片向她射来。魏惜娟赶紧躲进奶奶的怀里,不敢探出头来。

这几个日本兵叽里呱啦地在屋里胡乱搜索了一番,只见家徒四壁,最后悻悻离去。

那是 1943 年,日军占领了广东大部分地区,其中潮汕地区又逢自然灾害,久旱少雨,酿成历史上罕见的大饥荒。为了活命,许多人不得不背井离乡,到邻近的江西、福建去乞讨逃荒。

魏惜娟还是个小孩子,自然不懂这些。奶奶强作欢颜,哄她说:"江西有好吃的,你先去那边玩几天,等爸爸妈妈回来了,我们来接你,好不好?"

魏惜娟还是不肯去。其实,奶奶已经把她卖给了人贩子,送走之前,奶奶领着她来到附近的古庙祭拜,祈祷神灵保佑。走到庙门口,有个与她年龄相仿的小孩蜷缩在地上,面黄肌瘦,两只大眼睛凸出来,一动不动。

"这是哪家的孩子?作孽呀。娟娟,你不出去,也会像他这样被活活饿死。"奶奶流泪说。

魏惜娟害怕了,只得依了奶奶的话,后面发生的事情远远超出了一个七八岁小孩的想象。

逃荒路上,日本轰炸机时隐时现。她跟着人贩子昼伏夜行,翻山越岭,饿了就吃一根红薯,渴了就到路边的溪水里舀水喝,困了就倒在凉亭里睡。山路险峻,崎岖难行,没走几天,脚上就起了血泡,疼痛难忍,经常摔倒在地。又饿又累的她有时故意摔跤,哭喊着卧地不起，为了赶路，人贩子偶尔也会大发慈悲背她一程，这可算是最幸福的时光了。

然而，这种幸福时光实在是太短暂了，大部分时间是在汗水混合泪水的煎熬中度过的。一次过独木桥，魏惜娟走在上面摇摇晃晃，只觉得天昏地暗，一脚踩空，掉入三米深的河里，人贩子一个人救不上来，幸得路上其他难民一齐上阵，才把她捞上来。

就这样躲躲藏藏、跌跌撞撞、走走停停，魏惜娟不知道到底走了多少天，也不记得过了多少道"鬼门关"，只记得实在走不动，只剩下一口气时，随一群小孩走进一个大礼堂，那里有一桶桶白花花的稀饭，她放开肚皮吃，连吃了五六碗。

其时，她已来到与广东接壤的江西省龙南县（今为龙南市）。那里是抗日的大后方、客家人的聚集区，淳朴善良的人们以博爱的胸怀接纳了他们。而对于像魏惜娟那样长途跋涉至此的难民来说，只要能够活命，有口饭吃，有个歇脚的地方就知足了。

听说县里来了许多广东难民，可以自由买卖。家住龙南县程龙镇豆头村的妇女刘显玉特意起了个早，赶了二十多里山路前去探看。五十多岁的她，丈夫早逝，两个儿子常年在外，一个当兵，一个教书，留下两个儿媳独守空房。她想买一个女孩当作丫头来使唤。

在众多衣衫褴褛、蓬头垢面的小孩中，刘显玉看来看去，就看中了魏惜娟。小女孩虽然又黑又瘦，但一双水灵灵的眼睛楚楚动人，经与人贩子讨价还价，最终以八千元成交。

当天，刘显玉就把魏惜娟领回家，帮她梳头洗脸，换上干净衣服，并取名陈春桂，告诉她："这里就是你的家。"魏惜娟拘谨地站在厅堂里，目光有些呆滞，但当看到锅里的白米饭时，两眼立即睁大放光，嘴巴直流口水。刘显玉赶紧盛了一碗饭给她吃，三下五除二，一碗白饭就吃了个精光。魏惜娟用手指着饭锅，刘显玉又盛了一碗饭过去，不到两分钟又风卷残云般吃完了。魏惜娟还是用手指着饭锅，长期处于饥饿状态，肚子像是个无底洞，怎么都填不满。三碗过后，魏惜娟还要，刘显玉没敢再给，她听过有难民一次性吃太多饭被撑死的事情。于是，在过了两个小时后，刘显玉给站在饭锅边不动的魏惜娟又盛了三碗饭。再过两个小时，又给三碗。如是，当天吃了六次共十八碗饭，总算打发过去。

接下来的三天，魏惜娟每天吃六次共十八碗饭，之后才慢慢减少次数和饭量，左邻右舍把她当作"饿鬼"来看，这件事至今仍被同辈人作为谈资。

三

魏惜娟被卖到一个四面环山的偏僻农村，三十多户人家散落在山沟溪流边，日出而作，日落而息，过着闲云野鹤般的日子。

魏惜娟的日子可没那么好过。作为使唤丫头，身体稍微恢复之后，她就被安排做事。

"你是我花钱买来的，不做事哪有饭吃？"这是养母刘显玉经常挂在嘴边的一句话。

七八岁本来是在爸妈怀里撒娇的年龄，也是上学读书的年龄，从海边平原地区被卖到山区农村后，魏惜娟就承受了这个年龄段的小孩不应有的艰辛苦难。放牛割猪草算是很轻松的活，挑水推磨砍柴更是一点也不能偷懒。

家后面就是大山，树高林密，常有虎狼出没，魏惜娟亲眼见过老虎进村把看门狗咬死叼走。天没亮，她就得起床做饭，吃完饭拿根扁担上山，砍上百斤柴木下山，山路湿滑，一不小心就连人带柴摔了个四脚朝天。

魏惜娟躺在地上半天起不来，望着蔚蓝天空飘浮着的几朵白云，她想起了远方的家，想到了自己的奶奶、爸爸、妈妈："说好了来接我，怎么到现在还不见踪影？"一种被抛弃的怨情油然而生，一首潮汕童谣随即唱了出来：

细鹅咬大鹅，阿弟有亩阿兄无。阿弟生仔叫阿伯，阿伯少礼无奈何，收拾包裹过暹罗。海水迢迢，后母真枭；老婆未娶，此恨难消！

魏惜娟用的是潮汕话唱歌，刚来时听不懂当地的客家话，两种方言根本无法交流。更多的时候，她沉默做事，把委屈深埋在心里。今天，她独自在深山里低吟浅唱，歌声幽咽，带着嘶哑的哭喊声，整座山都安静下来了，鸟儿也不再叽叽喳喳，连天上的白云也似乎停止了飘动。

挨呀挨，挨米来饲鸡，饲鸡来当更，饲狗来吠夜，饲阿弟来落书斋，饲阿妹来雇人骂！

潮汕人从小就爱好唱歌，魏惜娟唱的这些歌，有的是她奶奶教的，有的是和同伴们玩耍时相互学的。歌声穿越时空，飞过山林，飘向远方。

循着这异样的歌声，在另一个山头砍柴的村民很快找到了魏惜娟，七手八脚把她拉起来。也有调皮的姑娘和她开玩笑，用客家话唱起了过山溜：

潮州人，跳跳动，飞机来了没地方躲，逃到江西找老公。

这句在当时流传甚广的客家山歌，是潮汕人在日本飞机轰炸时慌乱逃难的生动写照。虽然听不懂客家话，魏惜娟还是从她们的哄堂大笑中听出了嘲笑，尽管这种嘲笑并非恶意。

魏惜娟忍痛爬起来，将想家的情愫深埋在心底，挑起柴木跟着大伙儿继续往前走，再苦再难也只能自己扛着。

四

一轮圆月高挂夜空，给山村田野抹上一片银灰色的清辉。

九岁的那年夏天，正在纳凉的养母刘显玉突然问魏惜娟："你现在还想家吗？"

魏惜娟心中一怔，也不明白养母问这话是什么意思，她低着头，选择了沉默。

"如果广东的家人来找你，你想回去吗？"刘显玉继续试探。

"想呀，他们在哪里？"魏惜娟腾地从凳子上站起身，急切地问道。深埋心底的思念如火山般喷发出来，她再也抑制不住内心的惊喜。

"哈哈，我和你开玩笑呢。"刘显玉大笑起来，"闺女呀，你老家被日本人占领了，你的奶奶、爸爸、妈妈都不在了，回去是死路一条，你还是死了这份心吧。"

魏惜娟一下子从盛夏进入了严冬，刚刚激动兴奋的心瞬间冷却冰冻。十多年后，刘显玉才把真相告诉她。当时她的家人的确托人来找过她，通过查找当年的难民登记本，对方在县城见到了刘显玉，希望亲眼见一见魏惜娟，实地了解生活情况。刘显玉担心对方会把魏惜娟带走，执意不让他们见面，只说小孩过得很好，尽管放心云云。那人也没办法，只好回去，从此断了寻找的念想。

那天晚上，魏惜娟躺在床上辗转反侧，家乡的面貌、家人的面孔，像放电影一样展现在眼前。夜深人静，月光如瀑布般倾泻在窗前。她索性起床，走出家门，望着渐渐隐没在山岭树林中的圆月，不由得哼起了儿歌：

月娘月光光，秀才郎，骑木马，过阴塘。阴塘水深深，娘仔去载金，载无金，载观音……

潮汕是著名侨乡，男人大多远渡重洋赴新加坡、马来西亚等国谋生，留守家中的妇人饱受相思之苦，她们很崇拜月亮，尊称为"月娘"，有中秋节拜月娘等民俗活动，其意在托月寄相思："不知我君在何处，欲托明月传心声。"

望着月亮，唱着"月娘月光光"，童年往事恍如昨日：奶奶给她讲月娘的故事，她帮妈妈安好香案，摆上月饼、糕点、煎堆、油饼等供品敬献给月娘。拜完月娘，一家人聚在一起吃糕饼，喝功夫茶，赏月谈天，其乐融融。

她记得有一次，奶奶装了一杯"井心水"（刚从井里打上来的水，打水的水桶不能碰到井沿），倒入一小撮香灰，叫她喝下去，说这是月娘恩赐的"仙丹"，喝了能使人变得聪明、健康。

天上还是那轮明月，地上却已物是人非。魏惜娟孤零零地立在那里，心情变得五味杂陈。独在异乡为异客，她不由得思念自己的家乡亲人："你们还好吗？"同时又禁不住心生怨恨："说好了来接我，为何还没来？既然要生我，为何不要我？爸妈呀，你们怎么忍心将我一个人丢在外地不管不顾呢？"

两行清泪从眼角流出，吧嗒吧嗒掉到地上。魏惜娟双膝着地，学着大人的样子，对着月亮跪拜起来，心中默默祈祷："月娘呀，我想回家。请您行行好，告诉爸妈来这里接我吧……"

此情此景，注定是一个不眠之夜。

五

海上生明月，天涯共此时。

在香港，魏惜娟的父母也正望着那轮明月，夜不能寐。

"也不知道惜娟这孩子过得怎么样？"母亲郑淑珍说。

"唉，是死是活都不知道呢。"父亲魏左臣叹气道。

夫妻俩白天忙于做潮汕粿品，只有夜深人静的时候，才有点空闲想起流落在外的女儿，心中涌起无限的牵念和愧疚。

"早知道她奶奶会把她卖掉，我拼了老命也要带到身边来。"郑淑珍有些生气。

他们是在魏惜娟被卖半年后才知道此事，一直耿于怀。其实，这也是万般无奈之举。事后，奶奶既伤心又有些后悔，没过几年，孤苦无依的她抑郁而终。

同样为了躲避战乱和饥荒，他们带着大女儿逃难至此，生活也是举步维艰。利用在揭阳老家练就的做粿品小吃的手艺，夫妻俩天没亮就起床，在厨房里切菜、搓粉、包粿，用蒸、煎、煮等方法，做出二三十个品种。由于全是手工活、力气活，忙不过来时，女儿楚娟也主动前去帮衬帮衬。

粿品做好后，天也亮了。一家人来不及喘口气又挑担沿街叫卖，或是推着三轮车在街头摆摊设点，与英国巡警玩起了猫抓老鼠的游戏。一次，母女俩远远看到警察过来，赶紧收拾东西离开。楚娟年龄小，跑不快，慌乱中摔了一跤，结果连人带粿品全被扣押，好不容易赚来的一点辛苦钱全交了罚款。

1941年太平洋战争爆发，日军占领香港，烧杀抢掠，无恶不作，居民生活更是陷入水深火热之中。一天，几个日本兵闯入家中，见到粿品抓起就吃，临走时，不仅不付钱，还往锅里撒尿，魏左臣一家战战兢兢地拱立一旁，敢怒不敢言。

当时还有一条不成文的规定：市民见到日军，无论远近都要磕头，九十度鞠躬，还要用日语说"谢谢"，否则就会招来拳打脚踢甚至遭受杀身之祸。

日本殖民者在香港实行食品定额配给制，刚开始，居民每人每天还能领到六两四钱配给米，勉强糊口度日。后来，日军把香港的八十万担存米充作军粮，造成严重的粮荒，米价由每斤数元飙升至二百多元，粮食配给由大米改为萝卜。再后来，萝卜也没了，很多人只能以树叶、树根、番薯藤、木薯粉或花生麸充饥。

没有米、糖、面粉等原材料，魏左臣的粿品店歇业了，一家人的生活来源断了，郑淑珍饿得全身浮肿，躺在床上奄奄一息。就在命悬一线的时候，突然传来日本投降的消息，郑淑珍得救了。劫后余生的她后来常对人说："如果日本鬼子晚一个星期投降，我的命就没了！"

1945年，香港还是回到英国人手中。夫妻俩重操旧业，生活有所好转，但仍然摆脱不了贫穷的困境。不久，大女儿楚娟出嫁了，小儿子来翔出生了，姐弟俩相差二十一岁。楚娟生有六个儿子一个女儿，两家十几口人挤在不足十平方米的房间里，两张折叠床也睡不下，只能趴在饭桌上睡，楚娟二儿子因此落下驼背的毛病。

随着父母老去，楚娟接过了粿品的生意，租了个摊位，依丈夫的姓定名为"曾记粿品店",既保留祖传的做法,又进行技艺创新,以此引来不少回头客,养活一大家子人。

弟弟魏来翔比楚娟的大儿子还小,楚娟把弟弟看得比自己的孩子都重,从不让他做事,专心培养他读书,儿女们很是不解,楚娟解释说:"来翔是魏家的独苗,家族的希望在他一个人身上。"

魏来翔没有辜负姐姐的期望,他发奋苦读,成绩优秀,五年级就任代课老师勤工俭学,后来考到医科大学,当上了医生,走出了底层社会。

到了20世纪60年代,家境渐渐好转,魏楚娟带着弟弟来翔回到阔别近二十年的揭阳老家寻根问祖。

走进空寂的魏家大院,看到自己住过的小屋结满了蜘蛛网,想起儿时的往事,楚娟感慨万千:"当年我和惜娟妹妹就是住在这里,我们一起学刺绣、做针线活……"

至此,魏来翔第一次知道自己还有一个姐姐,叫魏惜娟。

六

时间在等待中艰难度过,魏惜娟望穿秋水也没等来家乡亲人,自己则出落成大姑娘了。她聪明乖巧,很快学会讲客家话,与本地人交流自如,渐渐融入了当地的生活。

1949年8月19日,龙南县解放,山区的贫苦农民翻身做了主人。为纪念这个特殊的日子,魏惜娟所在的豆头村改名为八一九村。

魏惜娟也扬眉吐气了。她加入生产队,参加农民扫盲夜校,唱起了新时期的客家歌谣:

讲起妇女家,一生做牛马。小小嫁了你真可怜呀,五岁学扫地,六岁学纺纱,七岁要挑水工作多哇,八岁要捡柴,九岁学犁耙,十岁样样晓,十一岁就当家,书又没有读,变成瞎眼婆,家婆不如意就打骂,打就有得打,骂就有得骂,没有好爷娘,把我小小嫁。

感谢毛主席,建你妇女家。我的妇女们笑哈哈,姑呀妹呀,好得共产党救我家呀。

这首忆苦思甜的歌谣,魏惜娟唱起来很动情,也很动听。从苦难中走过来的她,发自内心珍惜这和平安稳的日子。她吃苦耐劳,勤俭持家,成了家里的顶梁柱。养母刘显玉越来越喜欢魏惜娟,由于两个儿子常年在外,她想给魏惜娟招个上门女婿,但谈了几个都没能如愿。女大不中留,眼看魏惜娟三十岁,成了老姑娘,1956年便草草将她嫁给了同村不同生产队的农民钟达信。

魏惜娟丈夫的成分是地主,在解放后的多次政治运动中受冲击,成了批斗对象。魏惜娟是贫农出身,虽然没受牵连,但总是感觉抬不起头来,精神上多少受到打击。

魏惜娟生有四女三男,为了把儿女抚养成人,她起早贪黑,白天在生产队劳动挣工分,晚上要操持家务,纳鞋裁衣。她俨然成了一名地道的客家妇女,曾经脱口而出的潮汕话因为缺乏语言环境不再说了,也就渐渐忘了。

那段时间,魏惜娟忙得像陀螺一样,累得如牛马一般,根本没有时间去想潮汕的老家。往事不堪回首,她也刻意不去想,有意要淡忘。自揭伤疤,带给她的只是痛苦和难堪。然而,有些事并不是不去碰触就可以回避和消失的,它总会在某个时候猝不及防地冒出来,顽强地显示它的存在。

"妈,我有没有外公外婆?他们在哪里?怎么从来没见过呢?"

儿女们还小的时候，听到别的小孩外公长外婆短地叫着，就这样问魏惜娟。

魏惜娟经常无言以对，她没有心情详细解答，实在缠不过时，也就敷衍几句："你们现在还小，说了也不懂，等你们长大了，再告诉你们，好吗？"

后来，儿女们长大了，魏惜娟也没有认真回答过。他们懂事了，也慢慢理解了母亲的苦衷，母亲的身世反而是听别人说起才知道一点点。

转眼儿女们到了谈婚论嫁的时候。按照客家人的礼俗规矩，天上雷公，地上舅公，婚宴的上席一定得舅舅坐，而他们却找不到坐席的人，只好空着，给原本喜庆圆满的婚礼留下难以弥补的缺憾。

这是魏惜娟认为最对不起儿女们的地方，虽然这种亏欠和无奈没有写在脸上，但它潜藏于内心，像虱子一样撕咬着她。当宴席散去，送走客人后，魏惜娟独坐窗前，卸下生活的面具，露出生命的本真，一首家乡的童谣已经在心中轻轻唱起：

月娘月光光，秀才郎，骑木马，过阴塘。阴塘水深深，娘仔去载金，载无金，载观音……

原来，故乡并没有远去，而是常驻在心中某个隐秘的角落。

七

村前的溪水空自流淌，屋后的野花自开自落。昔日炊烟袅袅的山村显得冷清寂静。这些年，村里的青壮年大多外出打工，赚到钱的都在县城买房居住，只剩下一些老人故土难离，守着那些低矮颓败的土坯房消磨时光。

2002年，魏惜娟的丈夫意外过世，儿女们决定把她接到城里住，魏惜娟却谢绝了。她习惯一个人住在老房子里，种点地，栽点菜，自给自足，日子倒也过得自由自在。两年前，魏惜娟不小心着凉感冒，硬撑着躺在床上，几天粒米未沾，小病险些拖成大病。从此，小儿子钟国标强行把她安置在县城。人生地不熟，连找个唠嗑的人都难，闲着没事，魏惜娟就经常坐在屋里发呆，如烟往事如潮涌般纷至沓来，她又不得不想起了自己的潮汕老家，不由自主地唱起了那首烂熟于心的童谣：

月娘月光光，秀才郎，骑木马，过阴塘。阴塘水深深，娘仔去载金，载无金，载观音⋯⋯

钟国标记不清多少次听母亲唱这首歌了，他发现，最近这几年母亲唱得更频繁，神情也更专注，以至于他开门进屋，魏惜娟也浑然不觉。

叶落归根，人老思亲。虽然魏惜娟很少向儿孙们开口谈及想家寻亲的事，但钟国标明白，能在有生之年回到老家、见到亲人，是母亲最大的心愿。

魏惜娟的儿女们大都事业有成，这些年生活条件好了，也曾想过要为母亲找到老家、寻到亲人，可广东那么大，人海茫茫，信息不通，到哪里去找呢？

2016年7月，一个偶然的机会，钟国标得知县城有一个叫郑纪岳的退休老干部，是潮汕人，为流落本地的几个潮汕难民找到了家乡亲人，于是通过多种途径找到郑纪岳，表达寻亲愿望。

郑纪岳也很热心，立即到他家了解情况。

"你家在哪个县哪个村？"

"哪个村就不知道，我记得小地名叫'国土桂'（谐音），离家一里路左右有一个叫'黑雪地'（谐音）的地方。"异乡见老乡，魏惜娟倍感亲切，热情地端茶递烟，仿佛亲人就在眼前。

"你再仔细想想，周围还有什么特别的建筑？"

"我家隔壁有个祠堂，经常有阿姨聚在一起绣花聊天。家门口不远处还有一个卖东西的小店，店主叫'扎风'（谐音），我小时候经常闹着奶奶去买吃的……"

魏惜娟认真地回忆起来，脸上洋溢着孩童般的笑容，她似乎一下子回到了过去，想起了许多家乡亲人的信息，比如父亲叫阿鸡，姐姐叫楚娟，等等，还即兴唱起了几首童谣。

"如果能够找到老家，哪怕到那里去走一走、看一看，我这辈子就知足了。"魏惜娟动情地说。她终于吐露真心，八十一岁的她对过往的一切看得很开了，对家人早已没有怨恨，更多的是思念。

郑纪岳一边记，一边用手机录音。通过半年多先后七次相互走访、反复沟通，郑纪岳大致了解到魏惜娟的家乡亲人情况。

2017年2月，郑纪岳将有关寻亲信息进行整理，发送给广东揭阳市的"梦归潮汕"寻亲团。该组织是2015年成立的民间寻亲公益团体，旨在为魏惜娟那样的潮汕难民找到家乡亲人。

时间过去了七十多年，各地都发生了翻天覆地的变化，仅凭这些支离破碎的模糊信息，能找到潮汕老家吗？魏惜娟满怀期待，却又满心狐疑。

八

话说广东那边,"梦归潮汕"寻亲团收到江西龙南发来的寻亲信息后,立即展开行动。

2月27日,"梦归潮汕"微信群和微信公众号同时发布了魏惜娟的寻亲信息,引起几百名爱心志愿者热切关注。通过文字描述,特别是仔细辨听魏惜娟关于故乡记忆的录音,志愿者们初步认定一个关键信息:"黑雪地"疑似"火烧地"。

"火烧地"位于广东揭阳市榕城区西门马路南边,这个地名很是耐人寻味,只因它与一个家喻户晓的传奇故事有关。

传说明朝年间,揭阳有一个县令叫车份,人称"车公"。一天,他接到皇帝密旨,限在一个月之内灭杀揭姓一族。车县令百思不得其解,于是厚待公差,一番酒肉之后才知皇帝做了一个梦:一个巨人手持双戟,从南窗而入,击打其头部。解梦国师由此推测,巨人生在南方,提戟犯上,有妖人谋反。经查,南方潮州府揭阳县住有揭姓一族,揭阳县与揭姓,正是"双戟"之兆。

车县令为官清正,爱民如子,不想凭一恶梦便冤杀无辜,经与县衙师爷密商,于第二天传出城隍爷托梦,月内要在县城收人口。谣言一出,便有许多有钱人跑到乡下避灾。揭氏一族更得密报,全族乘机远走他乡。待揭氏族人走后,车公下令在其住处放火,又抓来几个死囚斩首,将尸首推入火中,然后请公差到现场察看,以便回京复旨。

事隔多年,昏庸的皇帝死了,师爷才把当年火烧揭氏一族的秘密说了出来。百姓感念车县令大德,便在榕城袁厝埕为他建了一座生祠,称为"车公祠",揭氏族人居住过的地方被称为"火烧地"。

根据这一重要线索，2月28日下午，志愿者王至诚等人来到火烧地附近街道走访。

"请问这里有姓魏的人居住吗？"

"请问听说过一个叫阿鸡的人吗？"

此处为揭阳市老城区，仍然保留着低矮的传统民居，因年久失修，显出破败冷清的景象。穿过一条条窄窄的巷道，访问一户户居民。一位八十八岁的洪伯伯给了志愿者满意的解答："前面不远的新庵头郭厝围，有魏万盛家族。"

在洪老伯的带领下，志愿者们找到了魏惜娟所描述的祠堂，门牌为郭厝围1号。由于潮汕话说得不地道，家庭地址"郭厝围"被说成"国土桂"，由此基本认定，这里就是魏惜娟的老家。

随后，志愿者又找到了魏惜娟的疑似亲人林美娥老阿姨，以及谐音为'扎风'实际叫"作鸿"的堂叔。他们表示有"阿鸡"这个人，真名叫魏左臣，七十年前去了香港就一直没回来过，十多年前他的儿子魏来翔回来过一次，将房产赠予他们。至于魏惜娟说的那个小卖店，前几年已经倒塌了，只剩下一堆残垣断壁，上面长满了杂草。

原以为希望渺茫，没想到很快锁定目标。当这一令人振奋的消息传到江西，魏惜娟老泪纵横，双手作揖道："老天有眼，祖上积德，我给你们磕头了。"

天遂人愿，老家找到了，魏惜娟简直比中了一百万大奖还高兴。儿女们也是欣喜若狂，他们一致决定：尽快启程，陪同母亲回家寻亲。

九

回家的路有多长，思乡的情就有多深。

2017年3月14日，对于魏惜娟来说，又是一个刻骨铭心的日子。

早上六点不到，她就起床了，穿上暗红色花纹的崭新衣服，头戴一顶红色毛线帽子，这是参加婚嫁喜事、外出做客时才有的打扮。七十四年前，她为躲避战乱饥荒而逃离家乡；七十四年后，她从容而体面地荣归故里。她要告诉乡亲们，她苦尽甘来，现在过得挺好的。

陪同魏惜娟回家的，有她的三个儿子、两个女儿、孙婿等，还有郑纪岳等寻亲志愿者，以及多家新闻媒体记者。

树有根，水有源。开了三辆车浩浩荡荡向南奔去，魏惜娟坐在车后座，眼睛直视前方，看着高速公路两边的山坡田野一排排向后退，她的心则早已飞到日思夜想的故乡。屋门口的那条小河，还那么清澈吗？祠堂里的阿姨还会绣花吗？儿时的伙伴，你们还认得我吗？……

正当魏惜娟思接千里、神游正酣之时，车子停在广东龙川高速公路服务区，有人要上洗手间，魏惜娟则由女儿搀扶着下车活动活动筋骨。虽然很少坐车走那么远的路，但她今天精神状态很好，不晕车，也没有感到哪里不舒服。或许是归心似箭吧，不到五分钟，她吆喝大家赶紧上车赶路。

欲速则不达。有辆车在启动时出了故障，电瓶打不出火，抛锚了。这种故障一般较难碰到，一旦发生则要专业的汽车修理工才能解决。

魏惜娟的小儿子钟国标正是从事汽车电瓶修理服务的，他安慰大家少安毋躁，一跃身把自己车上的电瓶换到故障车上，三下五除二，就哒哒打出火来，然后把电瓶换回去。

车队驶出服务区，一脚油门踩到底，于中午十二点半顺利抵达揭阳市区，受到"梦归潮汕"志愿者的热烈欢迎和盛情款待。

吃过中饭，来不及休息，寻亲志愿者们领着魏惜娟一行直奔榕城区西门街道新风社区。

贴上欢迎横幅，点燃喜庆鞭炮，献上美丽鲜花，魏氏家人以高规格的礼仪迎接这个饱经沧桑的女儿回家。

这段路，魏惜娟小时候走过无数次，如今走过去感觉既熟悉又有些陌生。老榕树还在，依然枝繁叶茂，似乎在张开双臂迎接她。旁边的那条淡水河不见了，被改造为"榕江西湖水上公园"，水波荡漾，仿佛在微笑鼓掌。

走进老祠堂，没有看到熟悉的面孔，却见到志愿者再现绣花的情景，魏惜娟儿时的回忆立即复活了："进去有个天井，阿妈在这里绣花，我在这边玩耍。"

族人纷纷点头，堂亲相见，执手相看，深情相拥。志愿者给他们端上一碗热乎乎的甜丸蛋汤，共同品尝家庭团圆的喜悦。

走出庭院，来到曾经居住过的老屋，轻轻抚摸着积满厚厚灰尘的土墙和门板，魏惜娟止不住泪眼婆娑："奶奶，我回来了，爸爸妈妈，你们在哪里？"

八百里的回家路，魏惜娟足足走了七十四年。多少次午夜梦回，多少次望眼欲穿，多少回灰心绝望，又有多少回憧憬向往。今日梦圆，怎不叫人心潮澎湃，喜极而泣！

圆梦归故乡，感恩寻亲团。这次寻亲之旅，江西、广东两地志愿者倾力合作，精心组织，中央电视台社会与法频道《夕阳红》栏目记者全程跟踪拍摄，腾讯新闻天天快报现场直播，四十多万网友线上同步观看认亲的感人场面。

"这么大的场面，这么多人关心帮忙，撑足了我回家的面子，很高兴。"魏惜娟面对新闻媒体的镜头和话筒，一再表示感谢。他们盛情宴请所有参与寻亲工作的热心人士。

高兴之余，魏惜娟也有些许遗憾，那就是没有见到自己的直系亲人。奶奶和爸妈可能不在了，但姐姐、弟弟呢？哪怕能见上一面也了无遗憾了。

"感谢老阿公，您站得高，看得远，求您帮我找到香港的亲人，若能找到就好了。"

临走时，魏惜娟一家人来到村里的清风亭大德古庙祭拜。该庙建于明朝，至今香火很旺，是揭阳市区八大景之一。魏惜娟在古庙里祈祷，在神像前叩首，烟雾缭绕，烛光摇曳，映照出一个耄耋老人的风雨沧桑。

十

也许是神像显灵，也许是魏惜娟的遭遇和诚心感动了上天，寻找香港直系亲人的行动有了进展。

揭阳寻亲时，魏惜娟的堂侄魏珲贤提供了香港的堂叔魏庆祥的联系电话。回来后，钟国标立即开通了国际长途，几次打电话过去，希望通过堂叔找到自己的姨妈和舅舅，但对方要么不接，要么没说上几句话就挂了，刚燃起的希望之火瞬间被浇灭。

"联系不上就算了，回去了一次老家，我也知足了。"魏惜娟劝慰道。

话虽这么说，但钟国标明白母亲的心里并不一定是这么想的。好不容易到手的线索，难道就这样断了吗？他有些不甘心，将这一情况反馈给了揭阳的堂亲。

5月初，事情有了转机。魏珲贤告诉钟国标，魏庆祥从香港来揭阳走亲戚了。第二天一早，钟国标开车载着大姐钟美蓉前去会面。为了消除不必要的疑虑，他们带去了母亲的照片和几缕头发。

亲人相见，一切疑虑和担心都显得多余。当问及之前为何总不接电话时，魏庆祥解释说，现在的骗子太多，因此对于不熟悉的电话号码，不熟悉的声音，他通常是置之不理的。

一番见面叙谈后，魏庆祥深信不疑。他说姨妈楚娟早几年过世了，他把魏楚娟儿子曾昭才的联系电话留给了钟国标，并表示回香港后会第一时间把寻亲的情况告诉魏来翔等人。

有熟悉的亲人在其中穿针引线，一切联系就顺畅多了。钟国标打电话给表哥曾昭才，对方马上就接了，说是知道有这么回事，大家都很高兴，期待能尽快见面。

魏来翔得知姐姐寻亲的事情后彻夜难眠，做梦也没想到，七十四年了，姐姐还活着，而且找上门来。他情不能已，连夜修书一封：

惜娟姐：

你我从未见面，彼此生活在不同的世界。你生于乱世，自幼就离开双亲远走他乡，生活的磨难可想而知。……如今无论如何，都想跟你见面，以叙亲情，也代爸妈表达心意。

魏来翔生有一儿一女，女儿在英国居住，儿子在新西兰。他于年初退休，4月刚离开香港移民到新西兰。

什么时候见面？到哪里相会？经过再三沟通磋商，他们最终选定7月初，沾沾举国同庆香港回归祖国二十周年的喜气，地点为香港。

"老姐，你受苦了，今天我们全家团聚，祝你生日快乐，身体健康！"在香港湾仔码头的一家酒店中，魏氏家族四十多人欢聚一堂，魏来翔主持，给魏惜娟过生日。姐弟俩紧紧拥抱，久久没有松开，似乎一松开又会天各一方，难以相见。

这一刻来得太晚，但毕竟是来了，多么难得的会面！魏来翔送给姐姐一枚金戒指。这枚戒指看起来不怎么光亮，摸起来也略显粗糙，但它的意义非同一般。这是他们的母亲郑淑珍戴过的，后来传给了楚娟姐姐，2014年楚娟姐姐过世前传给了魏来翔，可以说是生命的寄托、魏家的传家宝，是无法用金钱来衡量的。

"这个我不能要，还是留给你的孩子吧。"祖宗留下来的东西传男不传女，这是中国几千年的传统。魏惜娟受宠若惊，执意不收。

"一定要收下，父母亏欠了你那么多，这个戒指表示他们的歉意。"魏来翔不顾魏惜娟推辞，直接把戒指戴在她的右手无名指上，"看到了它，就等于爸爸妈妈在身边，你就不孤单了。"

手足情深，血浓于水。打断骨头还连着筋，远隔万里犹如近在咫尺。看到魏惜娟身体瘦弱、双手粗糙，医生出身的魏来翔特意给姐姐买了羊皮衣、润肤霜、蜜糖等物品，还送了一条金项链，塞了一万元钱给她。

"我是来认亲的，不是来要钱的，我有钱用。"魏惜娟拒绝道。

"姐，我现在的生活比你要好点，你一定要收下，也算是我代爸妈给你一点补偿。"魏来翔恳求道。

在香港的四天时间里，魏来翔带着姐姐一家人去了"曾记粿品店"。它位于寸土寸金的上环皇后街1号皇后街熟食市场一个不显眼的角落，凝结了两代人心血，见证了七十年走过的艰难历程。曾记粿品由于做工精细、口味纯正、品种多样、价格公道广受欢迎，几十年来顾客盈门，著名美食家蔡澜曾经多次到此站台，这里成为香港的一张美食名片。

姐弟两家人还先后到海洋公园、金紫荆广场游玩，观赏了维多利亚港的美好夜色，有幸看到了辽宁舰航母编队停靠香港的热闹与豪迈，感受到了香港的繁荣和国家的强盛，给这次认亲增添了几分喜庆和非凡的意义。

相聚的时间总是短暂的。临别的前一天晚上，魏来翔拉着魏惜娟的手说："姐，我们现在就告个别吧，明天让外甥他们送你，我就不来送了，我怕到时会哭，让你伤心……"

姐弟俩再次紧紧拥抱，难舍难分。他们约定，明年秋天在江西龙南相会。

本文获得2019年"学习强国"江西学习平台
"我和我的祖国"征稿活动文学类一等奖

思乡亭

在福建省上杭县鲶田镇杭定（永定）公路旁，巍然立着一座双层楼式凉亭，亭子里环绕着一排水泥座椅，顶部琉璃瓦盖就的六个角微微翘起，如一只只相思鸟儿展翅欲飞。

"只望南边天，不见月团圆。父母盼人归，相去路阻长。"这座亭的牵头捐建者黄宝州赋诗抒怀，将亭子命名为"思乡亭"。三十年沐风栉雨，这座亭几经迁建，见证了黄宝州寻根问祖的艰辛历程。

一

两边群山夹峙，中间狭长地带稻浪翻滚，在阳光照耀下金光闪闪，丰收在即。

2017年10月2日，在神州大地欢度国庆、喜迎中秋的日子里，笔者在福建上杭县阳光公益协会"梦归潮汕"寻亲队钟桂香队长的引领下，来到鲶田镇大湖村黄宝州家中。

黄宝州生有两子一女，子女早已成家立业，在外发展，偌大的三层楼的房子里只住着他和老伴两个人。房子后面是一个院子，种满了果树和蔬菜，绿荫下还竖立着一块块大理石石碑，上面镌刻着黄宝州撰写的一些对联和诗句，如"鸟啼门前相思树，泪洒莱芜美人礁"，又如"我欲渡河水，河水深无梁。愿为双黄鸟，高飞还故乡"，字里行间透露出作者思念故乡、寻找亲人的急切心情。

"我把这里叫作'思乡园'，如果有生之年还是找不到我的家乡亲人，我要把骨灰埋在这里了。"黄宝州走进旁边一处自己曾经居住的老房子，神情凝重，声音哽咽，泪水夺眶而出，他赶紧用手揩拭。

一个年过古稀的老人，历经风雨沧桑，见惯了生离死别，很多事情处之泰然，却对寻亲如此动情，让在场人员不禁为之动容。

黄宝州的身世至今仍然是一个谜。他不知道自己的确切年龄，不清楚亲生父母是谁，更不明白出生地具体在哪。

黄宝州只记得自己七八岁上小学时，与同伴闹矛盾吵架，被骂为"野拐子"，他满腹委屈回到家里问母亲："我到底是哪里来的？"

母亲没有正面回答，而是半开玩笑地回答："你是天上掉下来的，是路上捡来的。"养父母把他当亲生儿子养育，倾注了大量心血和情感，自然不愿意养子长大后去找自己的亲生父母，导致人财两空，因此对其身世总是讳莫如深、三缄其口。

黄宝州显然对这个回答不满意，却又不好刨根问底。但从此他心里就有了一个疑问，且穷其一生都在破解这个问题。

长大后，黄宝州通过多种途径了解到，自己是广东潮汕人，大概在1944年夏天，正在襁褓中的他被人贩子带到上杭，一路上缺衣少食，连裤子也没的穿。他的养父母无生育能力，遂以一百银圆买他做儿子。在此之前，同样从潮汕逃难而来的12岁男孩被买来做了他的哥哥。

养父黄兴赠做布匹生意，家底较为殷实。1961年黄宝州初中毕业后跟人学木匠，三年后参军入伍，当上了空军地勤机械兵，先后到上海、沈阳、南京等地训练，学会了钳工技术，1969年退伍分配到上杭县农业机械厂当钳工、钻工、机床维修工等，1982年调到国营兰溪粮站工作，直至退休。

二

除了工作，黄宝州大多数的时间精力都用在寻亲上，不知疲倦，不遗余力。

早在部队当兵时，黄宝州就萌生了寻亲的念头，也曾向领导提出协助寻亲的请求，终因部队程序多、纪律严等原因没有成行。

1972年，黄宝州工作趋于稳定，且生下一子一女，便只身一人踏上寻亲之旅。然而，潮汕地区那么大，到哪里寻找呢？正巧自己有个战友是潮州的，于是先找到战友打探情况。

首次踏上故乡的土地，黄宝州心里有种说不出的激动和新奇，但因为说不出家乡的具体位置和家人的姓名等，漫无目的地找了三天后空手而回。曾经多少次想象故乡的模样，多少次梦回故里，这一次总算踏上了这块土地，了却了相思之苦，从这个意义上说，还是收获满满的。

有了第一次，就有第二次。1975年6月，黄宝州拿着单位开具的介绍信，再次前往潮州，找到公安部门寻求支持。潮州市公安局的同志热情接待了他。

"请问你的老家在哪个地方？"

"不知道。"

"你父母叫什么名字，知道吗？"

"不知道。"

"你家附近有什么特别的地理环境？比如靠山还是临海，有没有寺庙或者圩镇什么的？"

"不知道。"

…………

由于逃难时年龄太小，黄宝州对家乡亲人毫无印象，这给公安部门出了个大难题。他们查找有关抗战资料得知，潮安区南门是日军侵华的重灾区，敌机狂轰滥炸，半天将那里夷为平地，居民死伤严重，幸存者纷纷扶老携幼逃离家园，为活命而被卖者不计其数。

黄宝州会不会是那里人？两名公安干警驾车带他来到潮安区南门，找到当地的治保主任询问情况。附近群众听说有人前来寻亲，纷纷围拢过来表达关切之情。新中国成立后，他们中有不少人回到了老家，掀起了第一波返乡热潮。

由于没有确切信息，问来问去，问不出什么东西，黄宝州寻亲没有进展，他转而开始帮人寻亲。

"他的父母被日军飞机炸死，他家楼上开赌场，楼下有做锡箔纸的……"临行前，同村的黄友龙托黄宝州顺便为自己寻亲。

"有呀，就在村那边。"黄友龙逃难时有12岁，对家乡情况描述清楚，很快就有村民指认。

"我记得当时日本人将十几岁的小孩都收容起来做苦工，看到他瘦成皮包骨、奄奄一息的样子，以为活不了，就没要，我看他可怜，还给了他稀饭吃。"治保主任补充说。

"这就对了，他还经常和我提到你这个给他稀饭的救命恩人。"黄宝州高兴地说。

虽然自己寻亲无果，却意外地为他人找到了故乡，也算是一种收获，一件值得欣慰的好事，黄宝州的乡思也有所缓解。

三

世上有些东西，越是得不到，越是想尽办法要占有。而一旦拥有又不懂得珍惜，直到失去才觉得宝贵。

比如血脉亲情、天伦之乐，一般人都会有，但对黄宝州来说是一种奢望。念之深，情之切。一次次寻亲无望，不仅没有挫伤他的积极性，反而越挫越勇，更加激发了他寻亲的热情。

1976年，他邀请上杭县广播站的朋友张顺正陪他去寻亲。张顺正是广东丰顺人，对潮汕人逃难的那段历史较为熟悉。他们沿着当年难民逃难的水路，坐船顺流而下，两岸青山耸立，芦草丰茂，荡舟其中，波光粼粼。

黄宝州无心欣赏美景，他睁大眼睛搜寻着沿途的风物，希冀从中找到蛛丝马迹，唤醒心中的记忆。船长和其他船员了解到他的寻亲故事后甚为感动，有意将船开得慢些再慢些，并在食宿等方面给予特殊照顾，下船后又帮着黄宝州将行李送到下榻的旅馆。

依然是无家乡记忆和有关物证，这次寻亲还是一无所获。在潮汕的三天时间里，黄宝州像是一只无头的苍蝇，到处乱窜；更像是一个久别的游子近乡情怯，逡巡于大街小巷。一天，他拐进一家书画店，在一幅名为《跃鱼》的画作前怔住了：竹林边的小河里，两名妇女正在打鱼，一条红鲤鱼从网中跃起跳入河中。

黄宝州立刻把这幅画买下来，回家后装裱，挂在房间的正中央。他觉得自己就是画中的那条鱼，很可怜也很幸运，"回想过去，真是死里逃生"，在被日本殖民统治的几年时间里，潮汕地区成了人间地狱，多少同胞死于非命。黄宝州不知道亲生父母是否有幸成为漏网之鱼，也不知道亲生父母是在什么情况下把他丢下的，但他相信天下父母都是善良的，都深爱自己的儿女，但在饥寒交迫的战争年代，只有将儿女狠心卖掉才是给孩子最好的活路。想到这些，这个七尺男儿禁不住痛哭流涕。

就是从家中挂着的那幅画，黄宝州的养父母发现了他的寻亲举动。两个老人理解黄宝州的心情，虽然心里不乐意，但言语中并没有反对，这实际上就默认了黄宝州的寻亲行动。

转眼到了1980年。一次黄宝州到上杭县古田出差，正巧与潮州锁厂厂长杨正平同住一个房间。一见面，杨正平就惊奇地盯着黄宝州看个不停。

"你是哪里人？怎么看起来很像我一位朋友？"

"我长在上杭，出生在潮汕那边。"黄宝州如实回答。

"是吗？我那朋友有个弟弟，1943年被卖到上杭，当时只有三岁。"杨正平说的那位潮州朋友姓周，这些年来到处寻找流落他乡的弟弟。

黄宝州会不会就是那位周姓朋友的弟弟呢？不然，何以如此巧合？身世相同，长相也很相像。在杨正平的牵线联系下，黄宝州立即寄了一张相片过去，以便对方确认。几天后，黄宝州收到了回信，迫不及待打开，却发现相片原封不动地退了回来，上面写了两个字——"保重"。

竹篮打水一场空，一度热切的心瞬间冷却下来。正当黄宝州要淡忘这件事的时候，杨正平写来一封信说，相片多有误差，不如真人可靠，建议亲赴潮州当面指认。不放过任何一次机会，不放弃任何一线希望，黄宝州毫不犹豫地决定走一趟。没想到赶到潮州时，杨正平厂长意外身亡，他的儿子忍着丧父之痛，骑着三轮车载着黄宝州来到周家。

在城郊的一处民居中，黄宝州端坐在厅堂里，听任周氏家人轮番上前观察。一位大姐默不作声看过之后走出房间,对几个兄弟摇头说"不像"。

"真是不好意思,让你白跑一趟。"得知黄宝州多年来往返闽粤两地,发疯似的执迷于寻亲,周氏二弟及其侄子为他的精神所感动,赶到旅社送别,"尽管我们血缘上不是亲兄弟,但我看你人很好,我们还是认个兄弟吧?"

"谢谢您的好意,我们交个朋友吧。"又一次被排除,黄宝州虽然认亲心切,但既然不是,就不必强求。

四

一次次尽兴而去,一回回孤身而归。像这样的结局,黄宝州已经习以为常了。

在多年的寻亲过程中,黄宝州听闻了许多家庭悲欢离合的故事,对那段历史有了更直接深刻的了解。同时,他翻阅有关档案资料,发现当地有关部门对那段历史的记载和研究几乎是一片空白。

上杭是客家人的聚居区,先人为躲避战乱从中原地区南迁至此。抗日战争时期,上杭也曾遭到日军飞机轰炸,但与潮汕地区相比,还是一个相对安全平静的避难所。据估算,当年逃到上杭的潮汕难民有三五万人,战争结束后,许多人陆续返回家乡定居,但仍然有不少人像黄宝州那样流落到乡野山村,至今不知故土在何方,亲人可安否。

相思苦,向谁诉?家国恨,何时休?1985年,黄宝州决定自建一座思乡亭,以解乡思,以慰平生。

黄宝州所居住的上杭县稔田镇,是当年潮汕难民进入上杭县城的必经之路,有两条路可走,一条是永定到上杭的陆路,另一条是从广东三河坝入上杭黄潭河的水路。

思乡亭选址在杭定公路鲶田镇境内。黄宝州自己设计图纸，自掏腰包1000元钱购买建筑材料，自己动手砌砖盖瓦，皮肤晒黑了，手指磨破了，一个多月挥汗如雨，终于建成。虽然思乡亭显得有些粗糙和简陋，却凝聚了黄宝州全部的心血汗水，饱含着"勿忘国耻，热爱和平"的家国情怀。

思乡亭建成后，黄宝州一有空就来到这里，义务打扫卫生，招呼路人在此候车歇息。

秋风萧瑟，月明星稀。乡思像蚊虫悄悄爬上心头，黄宝州躺在床上翻来覆去睡不着，他索性起床来到思乡亭，远望着起伏曲折的杭定公路，近听着黄潭河静静流淌的声音，想象着当年血雨腥风、哀嚎遍野的逃难情景，回顾自己多年寻亲的艰辛历程，不由得心潮澎湃，诗情大发：

异乡四十年，绵绵思远道。
望江寄思泪，忆别双悲悲。
岸芦白茫茫，亲人在何方？
父母盼人归，相去路阻长。

黄宝州文化程度不高，但平时喜欢抄抄写写。他写的这首五言律诗，虽然平仄押韵不够讲究，但朗朗上口，情真意切。它刻写在亭子的显眼处，引得过往行人纷纷驻足品读。

"我的妈妈就是从广东逃难来的，可惜没找到老家就过世了。"

"我的奶奶也是潮汕人，到现在也没找到老家亲人。"

很快，这里就成了人们缅怀历史、抒发乡思的地方，成了寻亲信息的集散地。黄宝州耐心地听、认真地记，表示自己有机会一定帮忙寻亲。

"真是一个好人,重情重义的男子汉。"当得知眼前的这个中年男子就是亭子的捐建者,自己没找到亲人却热心帮人寻亲,许多人都对黄宝州竖起了大拇指。

五

乡思催人老,白发逐愁生。寻亲是一场心力交瘁的马拉松比赛,特别是对于黄宝州来说,由于没有确切的地址人名,无异于大海捞针。但他从来没有灰心绝望,只要得到一条线索,获悉一点信息,他依然满怀信心、义无反顾地踏上寻亲之路。

与黄宝州同村的林阿娇,也是"走日本"时逃难过来的。1961年丈夫过世后,她回到广东澄海老家,和父母一块居住。她的二女儿和黄宝州的二女儿年龄相仿,名字相同,都叫黄桂香,更奇怪的是,她们的长相也很相像,俨然一对双胞胎姐妹。

1996年,林阿娇在一次闲聊中,将这一情况告诉她的母亲王秋英。言者无意,听者有心,老人家立马兴奋起来:"黄宝州会不会是我失散多年的儿子呢?"

王秋英当时已是九十岁高龄,生有七男二女,大多在解放后陆续找回,唯有第三个儿子至今下落不明。多年来,王秋英找儿子也像黄宝州找故乡亲人一样到了近乎疯狂的程度,日思夜想,经常夜半梦醒,老泪纵横,一双眼睛都哭瞎了。

"要是在有生之年找不到儿子,我死不瞑目。"王秋英经常向儿女们念叨。

林阿娇给黄宝州打电话说:"有希望总比没希望好,我代妈妈求你来见她一面,就算不是,也能让老人家期待一回吧。"

黄宝州对王秋英的寻亲心情感同身受，他二话没说就答应第二天启程前往澄海。

"崽呀，真是你吗？妈妈都想死你了。"黄宝州刚抵达澄海市（今为澄海区）坝头镇北港村，王秋英就扑了过去，一个劲地拥抱亲吻。

王秋英眼睛看不清，她哆嗦着手，把黄宝州从头到脚摸了个遍，边抚摸边哭诉道："万恶的小日本，害得我们家破人散，这么多年，你知道妈妈有多想你……你受苦了，妈妈对不住你……"

现场很快聚拢了许多人，大家都因这感人的一幕流了不少眼泪。

黄宝州哪里经历过这种场面，他一时也蒙了，像木头人一样站在那里，"嗯嗯"地应答着，任凭眼泪在脸上肆意流淌。

双方都没细究是否是亲生母子，这场认亲就这么定下来了。对于黄宝州来说，寻亲已经成为一种精神寄托，只要王秋英和家人认可，他也就同意。既成人之美，又多了一门亲戚，还可缓解多年乡思之苦，他没有理由拒绝。

接下来的日子里，黄宝州每年都要去几次澄海，每次"回家"，王秋英对他又吻又抱，虽然眼睛看不清，却仍然拄着拐杖带黄宝州到村里转悠，向所有人宣告她的儿子回来了。

2000年，亲情出现变故。黄宝州办理退休手续，请澄海那边出具证明，确认他是1940年出生的。之前，黄宝州的户口和身份证上的出生年月均为1943年9月，他的养父母坦言是随意写上去的，至于真实的出生年月，谁也弄不清楚。

同年4月，当地村委会出具了证明：

经调查，兰溪粮所职工黄宝州，原籍广东省澄海市坝头镇北港村，于1940年3月出生。抗日战争时期，因生活所迫，由父母卖给他人饲养。

正文后面，有母亲和兄长作为证明人的签名，以及村委会的印章。

也许是从小寄人篱下，黄宝州内心敏感，自尊心很强。当他拿到这份证明时非常气愤，认为里面的"饲养"二字，侮辱了自己的人格，从此两家再没有往来。

采访时，笔者仔细查看了那份证明，发现"饲养"二字有些破损，但依然看得出字迹与其他字有明显区别，很可能是另一个人添加上去的。可以断定，这其中另有隐情，或存在某种误会。

"我一度请他们来上杭当面解释，但一直都没来。"事情过去了十七年，黄宝州谈起来依然情绪激动，数次伤心落泪。

六

祸不单行，福无双至。2000年，黄宝州受到的打击，除了亲人得而复失以外，还有自己辛苦建造的思乡亭陷入被拆除的境地。

十五年日晒雨淋，十五年形销骨立，望穿秋水不见亲人归来，思乡亭也变得苍老了，斑驳破损严重。适逢杭定公路拓宽改造，思乡亭在拆迁范围内，黄宝州二话没说，同意无条件拆除。

思乡亭被拆除后，黄宝州心中的精神支柱似乎也坍塌了，他一度变得情绪低落、焦躁不安起来，有事没事就跑到原址转悠。

他决定高标准重建思乡亭，而且选址还是在扩建的杭定公路边、黄潭河旁，但是钱从哪里来呢？

经测算，新建思乡亭总造价要六万元。黄宝州找到当地几个有威望的老人商量此事，寻求帮助。大家对他的遭遇深表同情，对他的举动表示支持。可这不是一个小数目，单靠少数几个人捐款怎么行？

黄宝州牵头成立思乡亭筹建小组，自任组长，派发"求助书"，面向社会募集资金。他自己带头捐款一千元，没想到应者寥寥，直到2007年资金才到位，2009年建成。

这座双层楼式六角亭，占地四十九平方米，以崭新的雄姿再次屹立在人们眼前。黄宝州在碑文中写道：

> 在日军残酷侵华战争中，我们从广东潮汕地区，背井离乡逃难到异乡六七十年，勿忘国耻，我们的同胞将永远思念亲人，思念故乡，热爱和平……

在黄宝州心目中，这座亭不仅是思乡亭，更是纪念亭，纪念那些在战乱中死亡的难民，缅怀那些抗击日本侵略的英雄，警示并激励人们勿忘国耻，振兴中华。

"这么大的中国，被日本侵略，国破家亡，骨肉分离，这样的奇耻大辱，永远都不能忘记。"

黄宝州已从单纯的个人寻亲中走出来，走向大我，从国家层面思考寻亲的意义。他关心国家大事，热心社会公益事业。闲暇时，他喜欢看战争片，特别是抗日剧，他自称对电视剧《铁血台儿庄》百看不厌，边看边哭，每看一次都受到教育、得到启迪。

同一个国耻，共一个家仇。黄宝州还写信给上杭县政府有关部门，建议成立难民救助会，组织那些抗战时期逃难到上杭的老人到侵华日军南京大屠杀遇难同胞纪念馆参观，到台儿庄学习抗日英雄事迹，等等。

通过寻亲铭记历史，激发爱国热情，黄宝州的言行举动得到广东省"梦归潮汕"寻亲团的积极响应。2017年5月，广东的志愿者来到上杭县走访排查潮汕难民时，黄宝州激动得泪流满面。

"老家来人了，见到你们就是见到我的亲人。"黄宝州握住志愿者的手紧紧不放。

"梦归潮汕"寻亲团也被黄宝州的寻亲事迹所感动，邀请他担任名誉会长，参加寻亲志愿者经验交流暨出访培训会。

那一次，他去了广东揭阳市，在志愿者的陪同下，参观了市容市貌，祭拜了忠义关帝庙，找到了回家的感觉。

寻亲思故人，这是绿叶对根的情意。有感于黄宝州的寻亲故事，志愿者王楚乔赋诗曰：

汀江边上思乡亭，
寄托宝州思乡情。
汀江水连韩江水，
顺流奔腾寻亲人。

本文作于 2017 年 11 月

爸爸，我们回家了

树高千尺离不了根，人行万里忘不了家。

回家是人们的必然选择，寻根更是中华儿女的永恒情结。

"都不知父母双亲和弟弟现在怎么样了？我走后，你们一定要找到我的老家，代我尽孝。"这是1952年抗日英雄龙波涛弥留之际给家人立下的遗嘱。

故乡今夜思千里，霜鬓明朝又一年。时间过去快一个甲子，青丝变成了白发，老家依然渺无寻处。

"我对不起你们的爸爸，没能帮他找到老家，你们一定要继续寻找，想方设法完成这个遗愿。"2011年，龙波涛的妻子陈岳卿撒手人寰，临终时一再叮嘱儿孙。

千里宗亲一线牵。2016年，互联网搭桥，爱心人士唱戏，这个离开了近90年的老家终于找到。

"爸爸，我们回家了。"

战乱期离散，新时代团聚。丁酉鸡年春节，一个认祖归宗的团圆故事在江西宜春激情上演……

一

　　2017年1月25日，农历腊月二十八。对于广东省揭阳市榕城区的李镇明老人来说，这注定是一个不眠之夜。

　　李镇明，现年69岁，他本应姓"龙"，至今也不清楚为何改姓"李"。自从三个月前找到父亲龙波涛的老家亲人后，他就多次到当地公安派出所请求改回"龙"姓，却被告知会给自己的社保、医保、银行卡、房产证等带来一系列麻烦，此事只好暂缓，这让他的心里总不是滋味。

　　夜空还沉浸在一片漆黑之中，窗外的路灯似乎也困倦了，照得周围的一切影影绰绰、如梦如幻。

　　李镇明躺在床上辗转反侧，他本来睡眠就不好，想着要回自己从来没有去过的江西老家，并要见到那些陌生的亲人，心情一直难以平静。

　　他索性穿衣起床，走到厅堂检查要带回老家的行李有没有忘拿的，当目光停留在一个红布包上时，他双手托起，轻轻地抚摸起来，眼里充满了恭敬和虔诚。里面装的是父亲坟前的一把泥土，还有高堂前祭祀父亲的香灰，软软的，温温的，左突右冲，仿佛包着一颗跳动着的心脏。他缓缓地解开红布，发现里面的香灰少了点，于是从香炉里又抓了几把香灰放入其中，然后小心翼翼地包好。

　　这时，时钟指向4:30，李镇明迫不及待地吆喝起来："起床啦！起床啦！"

　　老伴、儿子、儿媳，还有三个孙女，全被叫醒了。一阵收拾后，儿子李勇开车，载着一家老小，在苍茫夜色中向着江西宜春的方向飞奔而去。

天气晴好，春光明媚，恰似此刻回家的心情。上潮惠，转汕昆、长深，走济广、泉南，进大广，入沪昆，虽然全程高速，但正值春运高峰，南来北往的车辆川流不息，大家都在赶着回家过年。于是，越往前走，车子越多，车速越慢，在江西会昌路段还遇上了堵车，不得不缓慢前行，这让李镇明变得焦虑起来。

江西宜春那边，家住袁州区的龙江波、龙江亚、龙江甫三兄弟一早便在翘首等待远方亲人的到来。李镇明是他们的堂兄弟，龙波涛是他们的亲伯伯，几十年音信不通，并没有阻隔认亲团聚的期盼。他们打扫好卫生，买好了水果年货，做好了欢迎横幅，随时准备到高速出口迎接。

来了，来了。下午三点多，一辆车牌粤V的商务车驶出沪昆高速宜春出口后停了下来。

"爸爸，我们回家了。"

李镇明手捧父亲的遗像率先下车，他的普通话带有浓重的粤语方言，声音哽咽，眼眶里闪着泪光。

"伯伯回家了，兄弟回来了，欢迎你们呀。"龙氏三兄弟快步迎了上去，与李镇明一家热情握手，虽然从未谋面，但血脉亲情可以穿越时空让他们一见如故。

龙江波接过龙波涛的遗像仔细端详起来。这是一张泛黄且略显模糊的半身相片，相片中的龙波涛只有二三十岁，身穿军装，英姿飒爽，戴着一副圆形黑框眼镜，神情中透着几分儒雅，眉宇间显出几许忧郁。

"我们家里原来也有这张照片，小时候我见过……"龙江波深情地回忆起来。他现年70岁，在三兄弟中排行老大。他一把将李镇明搂过来，絮絮叨叨地说："回来了就好，回来了就好。"

谁说男儿有泪不轻弹，只是未到动情处。在震耳的鞭炮声中，他们几个堂兄弟紧紧拥抱，任欢聚的泪水在脸上肆意流淌。

见此情景，前来欢迎的 20 多名江西关爱抗战老兵志愿者和宜春市公益志愿者无不为之动容，有的禁不住流下了眼泪。在场的新闻记者纷纷拿起照相机、摄像机，记录这一激动人心的欢聚时刻。

二

揭阳到宜春，730 公里的寻亲路，李镇明一家走了 60 多年。这条路充满着艰辛曲折，也满载着社会爱心。

李镇明的父亲去世时，李镇明只有 4 岁，不懂事。母亲陈岳卿在世时，虽然对寻亲之事很上心，却对父亲的身世讳莫如深，只说他是江西宜春人，1946 年全面内战爆发，龙波涛不愿自己人打自己人，于是退役回到妻子的老家广东省揭阳市。然而，宜春有 10 个县（市、区），面积 1.87 万平方公里，人口 550 万，到哪里去找？李镇明曾经几次来到宜春，不停地在市区转悠，见人就打听哪里有姓龙的村落，但龙姓家族散布多地，具体是哪个县哪个乡一无所知，这无异于大海捞针，终于无功而返。为此，他也想过向母亲打听清楚，包括父亲是怎么病逝的，自己为何改姓李，等等，却又怕触及她的痛处，话到嘴边又咽下去了。

李镇明早在 1988 年就做起了批发布匹的生意，依靠国家改革开放的好政策，生活越来越好，思乡的愁绪也越来越重。母亲过世后，自己也步入老年，寻亲的心情越来越急切，每当想起父母"一定要找到江西老家"的遗嘱，李镇明就感到万分愧疚，以至于茶饭不思、寝食难安，头上的白发又悄悄地长了几根。

知父莫如子。李勇是李镇明的独生子，现年 41 岁，看着父亲日渐苍老憔悴，自己也感到悲伤心痛。在子承父业打点生意的同时，他一直在暗中帮着父亲寻亲。怎奈有关爷爷的资料信息缺乏又无从查找，只能干着急。爷爷曾是国民党军官，虽然抗战有功，但毕竟不被当时的主流舆论所认可，人们对此三缄其口。

2015年，事情有了重大转机。在中国人民抗日战争暨世界反法西斯战争胜利70周年之际，党中央举行系列纪念活动，并将每年的9月3日确定为全国抗战胜利纪念日，着力弘扬伟大的抗战精神，缅怀在战争中英勇献身的英烈和所有为抗战做出贡献的人们。在电视上看到部分国民党老兵出现在抗战大阅兵的观礼席上，李镇明一家欢呼雀跃，一种扬眉吐气的自豪感油然而生，濒临熄灭的寻亲信心再度熊熊燃起！

李勇挺直腰杆，下定决心排除万难，竭尽全力去寻找宜春的亲人。根据爷爷是"黄埔四期"学员的线索，他多次查找资料，丰富寻亲内容，通过多种途径发布寻亲启事。

三

2016年6月的一天，李勇在黄埔后代微信群中看到一篇文章——《不可忘却的壮歌——记抗日烈士易安华将军》，不觉眼前一亮。文章记载，易安华烈士是"黄埔三期"学员，江西宜春人。易安华与龙波涛既是老乡又是校友，他们之间是否有什么关联？想到这里，他立即与文章的作者易超平取得联系，希望能得到相关帮助。

易超平是抗日烈士易安华的孙子，江西新余市国税局干部，也是个热心人。他利用自己人缘地缘的优势，通过宜春市袁州区的志愿者QQ群、义工QQ群、微信群发布了《关于在江西宜春寻找抗战老兵龙波涛祖籍地的启事》。

昔年，龙波涛在国家危亡之际，怀着报效国家的雄心壮志，毅然参军。离开宜春之时，老家还有一个弟弟在教书。黄埔军校毕业后，龙波涛开始投身军旅救国，并随部参加了北伐战争等。抗日战争全面爆发之后，龙波涛参加了抗日战争中的许多重大战役，从此再没回过宜春老家。……恳请江西宜春老家的大爱人士、爱心志愿者，为其提供寻亲的线索，让龙波涛的后人早日寻找到江西宜春老家的亲族，使其可以认祖归宗，以告慰抗日英雄龙波涛在天之灵。

网络具有出人意料的神奇威力。寻亲启事在"宜春市志愿者联合会QQ群"发布后，当即引发广泛关注。群内有位龙丽女士看到是寻找同姓的宗亲，于是从家中搬出了《宜春苏家塘龙氏族谱》。

国有史，家有谱，它记载着一个家族的世系繁衍及重要人物事迹，从一本而生万支，汇万支皆归一宗。从中果然找到有关龙波涛的信息：

初云长子龙波涛，年轻时读过军校，因出生、学习、当兵在外，家里人一无所知，仅抗日战争时期（1938年左右）回过一次家。据笔者记忆，那是他随部队在宜春城东湛郎桥大教场军事训练时回的家，到过新屋上厅坐了一下，身着绿色军官服，手戴白手套，据说是中队长（连长）一级干部，因没有戴军衔和挂符号，辨别不清，以后一直没有音信，家庭情况也一无所知。

族谱同时记载：

初云幼子龙松涛，年轻时跟随父亲开店做生意，解放后回家种田，1956年至1960年间曾任人民公社牛王庙大队会计。……子三：江波、江亚、江甫，女一春兰……

易超平有种预感，族谱上的龙波涛就是李勇的爷爷。他委托宜春老家的堂弟易梦瑞，到宜春苏家塘一带找寻龙波涛弟弟龙松涛的后人。

易梦瑞在袁州区做生意，经常要到乡下送货，社会接触面比较广。正巧他的一位朋友也姓龙，知道城区有两处龙姓居住区，易梦瑞逐个走访排查，很快联系上了龙松涛的大儿子龙江波。

龙江波接到电话时有些蒙了，由于岁月久远，记忆模糊，有些信息对不上号。这么多年没联系，怎么突然找上门来了？到底是真是假、是福是祸也未可知，何况最近电信诈骗这么多，想到这里，他匆匆挂掉了电话。

挂完电话，龙江波又有些后悔。这些年来，他们一家时时牵念这位在外漂泊的伯父，却苦于没有线索，无从入手。如今好不容易有人联系，说不定就能找到。

就在他懊恼万分，准备把电话打回去的时候，他突然接到了李勇的电话。原来易梦瑞通过易超平第一时间就将有关情况告诉了李勇。李勇欣喜若狂，迫不及待地与龙江波通电话，双方一说话就感觉很亲近，所述情况基本吻合。

不久，李勇又通过相关档案部门取得了更为具体的信息：

龙波涛，字耀如，1904年11月26日出生于江西省宜春县（今宜春市），1925年6月参军入伍，参加了国民革命军第二次东征，中央军事政治学校研究所4期，抗战时期主要从事新兵训练和黄埔军校教员工作，抗战胜利后担任第五军分输送团一营中校营长。永久通讯处：江西省宜春县三胜泉交。

为确保寻亲准确无误，易超平专程赴宜春拜访了龙江波，原来"三胜泉"正是龙江波的爷爷龙初云当年在宜春县城开店的店铺名称，主营杂货，同时酿酒、做豆腐卖，并且直系亲属名字也赫然在原始资料档案里面。至此，两边提供的信息完全一致，宜春苏家塘就是李勇要找的祖籍地，龙江波一家就是他们要寻找的亲人。

四

1月26日中午，"抗日英雄龙波涛后人回乡认亲答谢宴会"在袁州区一家酒店举办，所有为寻亲工作提供帮助、献出爱心的社会志愿者、新闻媒体记者和有关人士欢聚一堂，共同分享家庭大团圆的喜悦。

"爸爸的遗愿完成了，他在天之灵也能够得到安慰。在这里，我们要感谢党的领导，感谢在座的各位大爱人士的关心和帮助。"李镇明在致辞时依然难掩内心的激动，一再向全场人士鞠躬致谢。

欢声笑语庆团聚，推杯换盏迎新春。在寻亲答谢宴会上，易超平声情并茂地讲述了寻亲的过程，龙丽等志愿者介绍了各自的寻亲体会，接受了感恩赠匾。

"每一个家庭和个人都需要找到属于自己的根，各位志愿者在寻亲过程中展现出来的热心公益、奉献爱心的可贵精神，值得我们尊敬和学习！"宜春市相关领导的即兴讲话，引起了广泛共鸣。

龙松涛的三儿子龙江甫从小在苦难漂泊中长大，他在致辞时感慨万千："这么多陌生人来帮助我们寻亲，这么感人的场面，以前在电视上发生的事，今天发生在自己身上，真是做梦也没想到呀。"

五

南方有春节上坟祭祖的习俗。回家认亲后,李镇明携妻带子来到龙波涛母亲的坟前祭拜,给认祖归宗之旅画上了一个圆满的句号。

它位于龙氏三兄弟家后门二三百米远的后龙山,名叫荆山,树木挺拔,杂草丛生。沿着弯曲陡峭的土路走上去,一座圆形土堆匍匐在山坡上,这就是龙波涛母亲杨氏的坟墓,两尺见方,没有墓碑,坟上插着的几朵野花红得耀眼,迎风摇曳。

"坟墓是昨天刚刚修整过的。"带路的龙江波介绍说,他们家祖上经商,原本家业殷实,但到了爷爷手上就开始衰败,晚年爷爷随出嫁的姐姐生活,死后安葬在外面,现在连坟墓也找不到了。奶奶是1952年去世的,下葬时非常低调和草率。由于伯父的特殊身份,他们家一直受到打击,家庭非常贫苦,他的父亲43岁就生病去世了,那是1960年,他的母亲和一个妹妹也先后在这一年离世,当时感觉天都塌下来了。家里没吃的,1962年,他想去当兵,大队干部说他家有海外关系,不让去……

李镇明蹲在坟边,认真听完龙江波讲述的辛酸往事后,长叹一声,接着说起自己这边的艰难岁月。他上有一个姐姐,下有一个弟弟,在那个以阶级斗争为纲的年代,为了生存,为了不受父亲牵连,他们一家不得不隐姓埋名。他自己1969年上山下乡,在偏远农村一待就是15年,后来下海经商,白手起家,个中的苦难艰辛也是一言难尽。

阳光透过高耸的树木直射下来,把坟墓映照得一片金黄,也给冬日的山坡送来一丝温暖。李镇明点燃香烛,焚烧纸钱,心里默念:

"奶奶,您受苦了,您的儿子回家了,您的不孝孙来看您了,若是地下有知,您也该宽慰了吧。"

坟前挖好了两个树坑，李镇明解开从广东带来的红布包，将里面的泥土和香灰倒进去，栽下了两棵青翠的柏树。

"爸爸生前一直为国尽忠，却不能为家中父母尽孝，去世后又葬在揭阳，我们取他坟前的泥土和祭祀过的香灰，种下这两棵行孝树，就是想要让爸爸永远地陪伴他的妈妈，了却他一生的遗憾。"李镇明热泪盈眶地对在场的人说。

青山静穆，层林肃立。在热烈的鞭炮声中，李镇明领着家人作揖跪拜。一阵风吹来，坟上的野花和坟前的翠柏微微摇晃，母子连心，仿佛在传递着某种信息。

六

春节是万家团圆的日子，亲人们聚在一起辞旧迎新，拜年祈福，其乐融融。

2017年春节，对李镇明和龙氏三兄弟来说，都是最高兴、最难忘的一个春节。

除夕那天，李镇明一家应邀分别到龙江波、龙江亚、龙江甫家吃早饭、中饭和晚饭。每家的饭菜都很丰盛，每桌有18个菜肴，兄弟姐妹、女儿女婿、孙子外孙都闻讯赶来相聚，吃着地道的家乡菜，喝着自制的米酒，聊着思乡寻亲的家事。

"这些年我们在广东过年过节，总觉得心里空落落的。每当吃年夜饭就想起爸爸的遗嘱，再好吃的饭菜也吃不下……"李镇明说。

"是呀，记得我爸爸在世的时候，每次吃年夜饭，他都会向我们提起伯父，说不知道波涛哥哥在哪里，要是他在该多好啊。"龙江波接着说。

"以前我们想波涛伯父，但不敢联系，后来改革开放了，日子好过了，想联系又没有线索。"龙江亚解释道。

"我们也不知道伯父留在了广东，1992年的时候，还托人在台湾发布过寻亲启事。"龙江甫补充道。

....

饭桌上，大家你一言我一语，话助酒兴，酒醉话长，他们兄弟从清早聊到深夜，从思亲说到认亲，从过去的苦日子谈到现在的好生活，感叹当今网络发达，感谢那些牵线搭桥的好心人，感恩党和政府的好政策。

这边大人在饭桌上有说不完的话，叙不完的骨肉深情，那边的孙辈们已经打得一片火热，玩得不亦乐乎。李镇明的孙女教龙江波的孙子演奏吉他，一曲《思乡曲》拉近了彼此的距离。龙江亚的孙子则教李镇明的孙女燃放烟花爆竹，一个个礼花直入云霄，绽放出五彩缤纷的焰火，赢得阵阵喝彩，气氛热闹喜庆。

回家的感觉真好。在宜春的五天时间，龙家三兄弟陪着李镇明一家走亲访友、逛街旅游，感受家乡巨变，体悟乡情亲情。他们去看了曾祖父当年在宜春县城开的"三胜泉"商店遗址，商店早已不在，此处已成为宜春市区的一条主干道，过往淹没在滚滚车流之中。他们还去了位于化成岩森林公园的抗战烈士易安华将军墓前敬献花篮，表达不忘历史、珍爱和平的美好心愿。他们还先后走访了抗战老兵张茂鸿、易克林等，听他们讲述保家卫国的故事，送去新春的祝福。

"在这个万家团圆的日子，在自己喜圆寻亲梦的时候，我们更加怀念那些革命先辈，他们在民族危亡之时挺身而出，舍小家顾大家，放弃与家人团聚的机会，甚至不惜牺牲自己的生命。正是他们的奉献和牺牲，才换来了我们今天的幸福生活。"李勇动情地说。

家运与国运相连。通过这次寻亲，李勇的心灵受到强烈震撼。在祖父龙波涛爱国抗日事迹的影响下,他积极参加关爱抗战老兵志愿者活动,和朋友合作创建了抗战史迹网站和微信平台,探寻抗战历史,宣传抗战英烈,以自己的爱心善举帮助更多的抗战老兵及后代寻找自己的亲人。

相聚总是短暂的,欢乐的时光总是走得最快的。1月29日,大年初二,吃过早饭,李镇明一家要挥手告别,龙家兄弟恋恋不舍,挽留他们多住几天。

"宜春是个好地方,是我们永远的家,我以后一定会经常回来的。"李镇明说,"有机会的话,我还想回来创业,回报家乡。"

"欢迎随时回来,家乡亲人等着你。"

这是春天的约定,是绿叶对根的情意。

本文载于《今朝》杂志(内刊)2017年第2期

第四辑

人物档案

半个世纪的奔走

五十年前,他孤身一人踏上了寻亲之旅,是当之无愧的"潮汕寻亲第一人"。

如今,年过古稀的他依然奔走在江西与广东之间,干劲不减当年。

> 寻亲路上不畏艰辛
> 问祖寻根日夜兼程
> 半个多世纪的牵挂守望
> 因他的信念而圆梦今生
> 人老志坚有作为
> 晚霞璀璨映天红

这是 2017 年江西省首届"最美老干部"颁奖大会授予他的颁奖词。

他就是江西省龙南县(今为龙南市)退休老干部郑纪岳。

一

郑纪岳与寻亲结缘，源于他的身世和婚姻，看似偶然，实则命中注定。

他1942年出生于广东省惠来县，1962年当兵入伍，1967年随部队进驻江西赣南，1968年分配到龙南县军事管制小组工作，从此就在那里安家落户。

刚到龙南，人生地不熟。经人介绍，郑纪岳认识了老乡胡玉兰。

他乡见老乡，自然是分外亲切，郑纪岳有事没事就往她家里钻。胡玉兰有个女儿叫欧阳文瑞，刚好从师范学校毕业，正是找对象的年龄。踏破铁鞋无觅处，得来全不费功夫。胡玉兰觉得眼前的这个小老乡很合适：政治清白、思想进步，既有一份令人羡慕的工作，又诚实可靠。她有意撮合他们，两个年轻人于1969年底喜结良缘。

由于郑纪岳是土生土长的广东潮汕人，岳母胡玉兰经常向郑纪岳诉说自己童年被贩卖到江西的苦难经历，表达对家人的思念和对寻亲的渴望之情。

"我家在惠来县一个叫浮山村的地方，爸妈的名字不记得了，但有两个弟弟，一个叫胡桂兴，一个叫胡亚方……"

胡玉兰的父母生有八个女儿三个儿子，由于家庭贫困，胡玉兰早在八岁时就被卖给附近人家。但她性格倔强暴烈，没多久就趁机逃回，父母将她痛打一顿后，把她卖给汕头一个商人。十三岁时，日军入侵，她随同商人一家逃难到赣州。后来商人一家返回汕头时，胡玉兰却被留了下来，并和一个孤儿欧阳忠结婚生子。刚开始他们在赣州摆摊做点小生意，其间胡玉兰还当过奶妈。中华人民共和国成立后，欧阳忠谋得一份工作，1953年因工作调动举家迁到了龙南县。

二十多年过去了，胡玉兰还能讲一些简单的潮汕话，提供的这些信息也较为准确。根据这些线索，郑纪岳先后写了三封信给家乡的亲友，请求他们帮忙寻亲。那时还没有电话，一封书信的往返动辄需要一个月的时间，在日思夜想的等待中才得到一点并不确切的情况反馈。虽然困难重重，但在亲戚朋友的努力寻找下，胡玉兰的出生地信息和家庭情况一点点汇聚起来。

一位同在龙南军事管制小组工作的老战友兼同事胡钦华要回乡探亲，郑纪岳特意叮嘱他实地走访打探，最终确定胡玉兰的家乡就是惠来县东红公社（现为仙庵镇）浮山村。

1970年10月，郑纪岳休探亲假。借此机会，他带上岳母和妻子一道回老家。

胡玉兰归心似箭。自从得到自己老家的确切信息后，她就吃不香睡不好，巴不得马上见到自己的父母。但那时落后的道路交通给她急切的心情泼了一瓢冷水，四天三夜的颠簸让她疲惫不堪，身子快散架了也无可奈何。

他们一早坐班车从龙南出发，全程都是坑坑洼洼、尘土漫天的沙子路，晚上到信丰县城住一晚，第二天搭乘从赣州市到寻乌县的过路车，在寻乌县城住一晚，再买车票到广东省兴宁县（今兴宁市），又住一晚，再乘车到汕头市，转车到惠来县已是第四天了。这还算顺利。往来的公交车每天只有一班，如果车子抛锚，或者车上人满买不到票，就得等第二天的车。五百多公里的路，走上一个星期的时间也算正常。

来不及抖落满身的灰尘，他们首先来到郑纪岳家，在和初次见面的亲家简单寒暄后，胡玉兰在女儿、女婿等人的陪同下，迫不及待地踏上寻亲之路。

从惠来县城到浮山村有三十八公里，没有通班车，连自行车也借不到，只能步行前往。饿了，就拿几张粮票买些馒头充饥，渴了向路边人家讨点水来喝。

欧阳文瑞从小在城里长大，第一次走这么远的路，双脚早已磨出了血泡，不由得叫起苦来。

"妈，我走不动了，能不能休息一会儿再走？"

"不行，这点苦算什么？！当年你妈逃难的时候，那才叫苦呢。"

胡玉兰不禁讲起当年风餐露宿、忍饥挨饿走江西的苦难史，让同行的人陪着掉了不少眼泪。欧阳文瑞也不再说话，低头跟着丈夫郑纪岳继续前行，泪水和着汗水滴落了一路。

紧走慢走终于来到了浮山村大队部，支部书记听完介绍后，很快确定是谁家的人了。他胸有成竹地带领大家前往胡家认亲。刚到家门口，胡玉兰一下子怔住了。

门口坐着的那个满头白发的老婆婆不正是自己日思夜想的母亲吗？

"妈，妈，我回来了！"

胡玉兰哭喊着飞奔过去。

"真的是玉兰吗？我不是在做梦吧？"

胡玉兰的母亲泪流满面，她紧紧抱住女儿，抚摸着女儿不再稚嫩的脸庞，喃喃地说："玉兰啊，你总算是回来了，可惜你爸见不到了……"

此时，弟弟胡桂兴在屋里隐约听到欢笑声，立马冲了出来，和胡玉兰认过后，拉着姐姐的手喜极而泣。郑纪岳和妻子欧阳文瑞站在一旁，看着眼前的一切，也禁不住热泪盈眶。

当年为了活命亲手将女儿送走，如今能在有生之年再次见到离散多年的亲人，对老母亲来说是最大的安慰。遗憾的是，胡玉兰的父亲早已去世，两个妹妹已经外嫁，弟弟胡亚方当年送人，至今不知下落，只有弟弟胡桂兴一直陪在母亲身边。

胡玉兰用生硬的潮汕话向母亲和弟弟介绍了女婿郑纪岳和女儿欧阳文瑞，大家不免又是一阵唏嘘，喜悦之情溢于言表。

二十多年前离家逃难的人在村里不算少数，但能回来认亲的并不多。胡玉兰回家的消息不胫而走，第二天，她家的亲朋好友悉数到场，少不了热情拥抱、情意绵绵，大家欢聚一堂、其乐融融，也对郑纪岳这位寻亲功臣另眼相看、厚爱有加。

"帮助岳母找到家乡亲人，这是最大的孝心。"席间，亲戚朋友们纷纷前来向郑纪岳敬酒，表达敬重之情。从骨肉团聚的喜悦中，从大家的赞扬声中，郑纪岳领悟到了寻亲的重要意义，感受到了肩上背负的神圣使命。

二

岳母成功认亲后，郑纪岳并没有就此满足，而是利用这次难得的探亲机会，立即投入到新的寻亲行动中。

"请问你们认识一个叫林福贵的人吗？她的父亲叫林炳良……"

林福贵也是1943年逃难到龙南县的，她和胡玉兰同住一条街，两人同病相怜，结拜为姐妹。她逃难的经历和众多逃难人员如出一辙，乞讨、挖野菜、吃野果，步行一个月左右到达龙南县城。她十二岁在一户徐姓人家当童养媳，长大后结婚生有一子，历经三次婚姻后与儿子相依为命。她同样会讲一些潮汕话，知道自己是浮山村人。

"你们一定要帮我去找一找，找得到最好，找不到也就没想头了。"在胡玉兰启程寻亲时，她对郑纪岳千叮咛万嘱咐，那渴求的目光，让人不答应都不行。

由于林福贵提供的家庭情况较为准确详细，郑纪岳没费多少时间就调查访问出来了,她竟然与岳母同一个村,只是生产队不一样。令人遗憾的是,林福贵父母已经离世,家中只有一个妹妹和叔伯兄弟等人。

回到龙南后,郑纪岳如实将情况告知林福贵。1972年,林福贵回乡认亲,了却了一生心愿。

连续两次寻亲成功,郑纪岳立时名声大振。1973年,龙南县人民武装部干事朱福清带着岳母许秀梅登门拜访。

"我家在惠来县隆江镇一个会种菜的地方,家里有父母、一个弟弟和一个妹妹……"

许秀梅逃难时已经十三岁,对老家的情况记忆犹新,她还能用潮汕话与郑纪岳进行简单交流,咬字也比较准确,这给寻亲带来很大便利。作为土生土长的潮汕人,凭着对家乡的了解,郑纪岳知道,隆江镇会种菜的村只有竹湖村和菜湖村,竹湖村距离他家四里路,以林姓为主,没有许姓;菜湖村与他家隔着一条大河,没有桥和渡船,必须绕道走五十里左右,那里许姓居多,由此可以基本认定许秀梅为菜湖村人。

1974年春天,郑纪岳再次获得回家探亲的机会。他牢记许秀梅的嘱托,靠着一双"铁脚板",和妻子步行来到菜湖村,刚进村口,迎面看到一个五十多岁的女人站在门口向外张望,像是在等待着什么。

"你看,她是不是和秀梅婶长得很像?"欧阳文瑞眼尖,兴奋地叫道。

"是啊,简直是一模一样。"郑纪岳认为这很可能是许秀梅的妹妹,于是快步走了过去。

"请问你们村里有一个叫许秀梅的人吗?"

"什么?你们认识许秀梅?我是她妹妹。"

对方热情地接待他们，述说了她姐姐当年被父母送人的往事，与许秀梅的讲述基本吻合。

郑纪岳掏出许秀梅的相片来看，大家相互比照，很快确定许秀梅就是她的亲姐姐。

"秀梅姐，你受苦了，爸妈地下有知，也可以瞑目了……"那女人把许秀梅的相片紧紧拥在怀里，失声痛哭起来。

原来她的父母已经不在人世，一个弟弟远在香港谋生，两个老人临终前一直念叨女儿许秀梅，并嘱咐一定要把她找回家。

"你姐姐现在过得很好，可以说是苦尽甘来……"郑纪岳介绍了许秀梅在江西的生活现状，宽慰对方不要伤悲，现今找到姐姐，应该高兴才对，惹得对方破涕为笑。

满怀着寻亲成功的喜悦，郑纪岳一回到龙南就告知许秀梅家乡亲人的情况。但听说她的弟弟在香港时，在武装部当兵的女婿立即警觉起来："找到了就好，但这个亲不能去认。"

那时正是"文化大革命"时期，以阶级斗争为纲，如果哪家有海外关系，就会以通敌罪论处，后果不堪设想。由此，许秀梅也断了去广东寻亲的念想。直到"文化大革命"结束后，她的妹妹才到龙南来和姐姐一家人见面团聚。

三

寻亲就像滚雪球一样越滚越大，也像一辆向前行驶的车子没法停下了。许多人纷纷慕名而来，郑纪岳成了寻亲的大忙人。

"郑局长，请您看在老同事的面子上，帮我这个忙吧。"在龙南县公安保卫部门当炊事员的临时工赵明烈带着她的母亲徐桂花多次来办公室找郑纪岳，一坐就是大半天。

徐桂花当时逃难到龙南后,在县城一户徐姓人家当童养媳,后转嫁给杨坊赵屋赵文明,养育子女九人。她离开潮汕时只有十岁左右,对家乡的环境、亲人的情况记忆都已模糊,家中父母、兄弟、姐妹的名字也不记得。

通过多次交谈,徐桂花记起自己好像是惠来县隆江镇趟仔尾村人,这一重要线索让郑纪岳高兴不已,因为他的母亲正是这个村子的人,但这是解放前的老地名,现在是否改名了呢?

郑纪岳马上写信联系家乡亲人,从回信中确认趟仔尾村现在叫孔美村,距离他家二十里路。为了弄清徐桂花到底是不是那儿的人,郑纪岳又让哥哥郑纪山和外甥林炳松到孔美村进行排查和探访。在亲人们的协助下,很快就查清了徐桂花的真实情况。原来徐桂花是在龙南县新起的名字,在老家她的名字叫吴珍尼。其时,她的直系亲属全都不在人世,家中只有堂兄弟姐妹。

1981年秋天,徐桂花和老伴赵文明回家认亲,并请求郑纪岳带路。但当时郑纪岳已是县公安局副局长,工作繁忙,无法脱身,便安排了他的外甥林炳松从广东来龙南接徐桂花夫妻俩去广东,圆了徐桂花三十多年的梦想。

"大恩不言谢,这点小心意,您一定要收下。"从广东认亲回来后,徐桂花的儿子赵明烈提了两瓶酒过来。

郑纪岳执意不收,他说:"我没做什么,不过穿针引线,受之有愧。"在他看来,帮人寻亲,那是他作为潮汕老乡应该做的事情,他甚至为自己不能带他们前往感到愧疚。

那时,郑纪岳有四个小孩,经济负担较重,又没有探亲假,没有时间也拿不出更多的钱去帮人寻亲。此后的日子里,他的工作单位频繁变动,从公安保卫到消防保卫,从工商局再到物价局,加上在八九十年代龙南出现过假案，他又在工商局市场建设中受坏人诬陷而被调查。经过三四年查证，虽然诬陷的问题被澄清，但弄得他身心疲惫，精神上受到打击，哪有心思帮人寻亲？

但寻亲的人并没有因为郑纪岳的实际困难而却步，他们依然满怀希望来找他。面对这些热切渴求的目光，郑纪岳只好将自己的苦闷埋在心头，根据这些寻亲人员的描述来判定他们大概是什么地方的人，然后写一个条子或口头告知他们自己回去寻找。二十多年来，陆陆续续有十多个人就这样找回了家乡，找到了亲人。

四

2003 年，对于郑纪岳来说，又是一个新的起点。元月，他从县物价局局长的位置上退休，终于有更多时间精力投入到潮汕寻亲的公益事业中，原先的"第二职业"转变为专职。

"我的家乡在潮汕一个叫山冷的地方……"八十八岁的王水娇老人在孙子凌利华的陪同下慕名找到郑纪岳，述说自己的身世和思乡之苦。1943 年，二十多岁的她结婚并生有一女，丈夫在出海打鱼时被日本兵打死，她在走投无路的情况下跟着逃难队伍远走他乡。行至梅县的一座深山，一岁的女儿被饿死，她用双手在路旁扒开一个小坑，含泪掩埋女儿后继续往前走。人贩子把她带到龙南县，以一块银圆的价格卖给凌利华的曾祖父做二房。

王水娇说话夹杂着潮汕话和龙南客家话的口音，郑纪岳对这两种口音都很熟悉，经过反复询问，努力而仔细地从中分辨出差异来，很快断定她的家乡在汕头市潮南区陇田镇下寮村。

"你真是太神了！"凌利华喜上眉梢，禁不住夸赞起来。原来从 1994 年起，他就一直在帮祖母找娘家，却没有任何眉目。

郑纪岳利用自己熟悉潮汕地区又会说潮汕方言的独特优势，不厌其烦地与王水娇沟通交流，引导她回忆家乡地理人物，获得又一重要信息：她的婶婶弯腰驼背，被人叫作"虾姑娘娘"，意思是像虾一样走路。

情况基本弄清楚了，郑纪岳又打电话给潮南区陇田镇的朋友、熟人，村支部书记郑伟橙和村红白理事会会长郑树铿都很热心，不到十天就把王水娇老人的家庭地址和疑似家人找到了。

2005年10月1日，国庆节，"龙王"号台风突袭汕头，郑纪岳顶风冒雨，带着王水娇一家六人，租了一辆面包车踏上了寻亲路，当晚七点多钟抵达目的地。郑伟橙安排大家吃住，郑树铿摸黑到下寮村，通知了王水娇的疑似家属。

第二天早晨，一位老者和一位年轻人来到宾馆，见到王水娇老人时，表情有些冷淡和木然，只是向郑纪岳打了一个招呼，然后开车带大家去他们村子。

这是一个有着上千人口的大村，几棵高高的棕榈树立在村口。郑纪岳一行跟在王水娇后面，任由她独自走进村庄。突然老人在一栋低矮陈旧的老房子门槛上坐了下来，用手往里指了指说："这是我的家，当年我就是从这里嫁出去的。"

在场的人都惊愕不已，持半信半疑态度，一直在旁静观的那位七十多岁老者将王水娇扶到里屋的一张靠背椅上坐下，恭恭敬敬地鞠了一躬，用有些生硬的普通话说："姐姐，我是你的堂弟木秋，你出嫁后我就搬过来了。"说完，老者王木秋便起身拥抱老姐姐，老泪纵横。刚才他在宾馆不敢相认，现在看到王水娇清楚记得以前住的这个地方，就没有任何理由不认了。

原来，王水娇是独生女，母亲病逝，父亲赴"南洋"做苦力失去了联系，木秋成了与王水娇关系最亲的人。她的婶婶"虾姑娘娘"活到一百零三岁，一个月前刚去世，临终前还念叨着王水娇的小名"蜜包"（面包）。

六十多年骨肉分离，六十多年亲情牵挂，今天终于见面团聚。郑纪岳看在眼里，乐在心头，他在向王水娇、王木秋姐弟骨肉团圆表示祝贺的同时，也对无私助人的郑伟橙、郑树铿表示了感谢。

五

这边刚刚寻亲成功，那边又有一帮人在排队等待帮助。郑纪岳越来越感到疑惑和茫然：龙南的潮汕难民到底有多少？没有找到家乡亲人的还有多少呢？

他走进县档案馆查阅有关资料，试图通过救济粮的发放数量来推断难民人数，然而，对民国这段历史翻了个底朝天，也没发现自己想要的东西。

"这么大一个特殊群体，一个人口迁移的事件，地方志上怎么没有记载呢？请问你对这段历史有过了解吗？"郑纪岳向曾经担任县档案局局长的刘文房讨教。

这是一段被岁月掩埋的血泪史，刘文房坦承自己没有研究过。他说，1943年的时候，龙南虽然是抗战后方，但形势也比较紧张，哪里顾得上统计和记录潮汕难民的情况？据他了解，当时龙南县城有三十六间祠堂，都住满了避难的人。每个祠堂都住一百多人，就有三四千人，可以说满街满巷都是潮汕人。

那段时间，郑纪岳经常走街串巷，到乡村走访调查，深入了解潮汕难民的生活状况，发现有的在建国初就返回家乡，有的在改革开放后陆续返乡找到了亲人，还有的由于逃难时年幼无知，加上时间久远，记忆模糊残缺，至今还在苦苦寻亲。

"去了几次广东，找了三十多年，都没找到，现在就指望郑老了。"2015年10月，龙南镇桃江中心小学老师唐晓奎在同学凌利华的推介下找到了郑纪岳。作为潮汕难民的后代，他觉得，最大的孝心莫过于在母亲有生之年为她找到故乡。

唐晓奎的母亲吴添玉十多岁逃难出来，被人贩子卖到唐家做童养媳，生下了六个儿女。早在20世纪80年代初，唐晓奎的父亲就写信到潮汕寻亲，但没有任何信息。2010年，他又跟着别人去找了一次，也没有找到。2012年，唐晓奎开车带上母亲和姐姐，到普宁市一个叫作石港村的地方去找，因为不熟悉当地语言，不了解具体情况，找了三天，依然无功而返。

通过进一步细问，郑纪岳把吴添玉的情况基本摸清了：老人的家乡叫石港村，靠海，没有山。父亲叫黄光强，主要从事打石头的职业，有修理枪支的手艺。吴添玉被卖时，父亲拿了一顶写有家乡地址的斗笠给她，其后遗失了。

郑纪岳觉得寻亲成功的把握较大，便与普宁市的朋友——服装厂厂长夏阿伟联系，请他协助寻亲，并商定当月15日前往广东。

郑纪岳带领寻亲队伍一行六人，直奔普宁市占陇镇石港村。因为有本地熟人带路，石港村近九十岁的何老书记热情地接待了他们。经了解，石港曾经有十多种姓氏，但从来不曾有过黄姓，无法查询，吴添玉老人应该不是石港人。

在交谈中，郑纪岳得知隔壁的内新村曾有两户黄姓人家，于是第二天一早辗转前往，查看黄姓人家的旧址，走遍了村里的每个角落，吴添玉老人却摇头说："不像，不是。"

屋漏偏逢连夜雨。走着走着，郑纪岳皮鞋的底突然掉了下来，让他哭笑不得。原来，这双皮鞋是前几天新买的，花了三十八元钱，真是便宜没好货，关键时刻掉链子。

下午三时许，郑纪岳一行找到揭阳市黄氏宗亲会的几位会长、秘书长，广东省知名作家黄济群先生介绍了揭阳市黄姓后裔大致分布情况，并提出到地都镇石港村和濠江区珠浦社区礜岗村小组找找。临走时，宗亲会还赠送了揭阳名人黄焕国传记《黄焕国》给郑纪岳。

一行人马不停蹄来到了石港村，没想到整个村清一色都是辛姓，从来不曾有过黄姓，而且村子四周都是山岗，与老太太描述的信息不符。

明知道在做无用功，可郑纪岳还是抱着希望和石港村一大群辛姓村民热聊了大半天。此刻的他心理压力特别大，因为出发前他认定找到的可能性比较大，为此还特意请了县委组织部电教科科长曾伟群和县电视台记者全程拍摄采访，并得到了经费支持。如果寻亲不成功，怎么向人交代？他期盼奇迹出现，因为离开了这里，将无处可找——对于此刻的他来说，最怕的不是找不到，而是无处可找。

郑纪岳不想无功而返。很快，他有了新的寻找方向。据村民反映，在进入石港村的另一个路口，里面有一个红岗村，不但盛产石头，还清一色都是黄姓。

一次次寻访无果，一次次希望破灭。进入红岗村，吴添玉第一眼就看出这不是她的老家，因为村前有着一口很大的池塘，抬眼就可以看见高大的山峰，而在她记忆中是没有山的。

"不找了，真的不要再找了，我们还是早点回去吧。"吴添玉摇头说。

郑纪岳故意装作没听到，执着地和几个热心的红岗村干部、群众交谈，可失望还是抑制不住地写在脸上。

车子开出红岗村的路上，郑纪岳坐在车上一言不发。他不愿放弃，不甘失败，心里寻思着，根据多年的寻亲经验，有了确切的地名是可以找到的，难道翻译有误？

唐晓奎看出郑纪岳的想法，于是提议再去汕头市濠江区珠浦社区找一找，听说那里的黄姓有"光"字辈。尽管明知希望渺茫，但总比没有希望要好，郑纪岳表示去找找看。

17日一早，他们赶了过去，珠浦社区的领导应约带来了新版《黄氏族谱》全本和20世纪50年代的房契、地契复印本，但这里的黄姓"光"字辈是一个极低的辈分，年纪最大的也不到五十岁，显然不是他们要找的。

大家沉默地、机械地翻阅着资料，都在等着郑纪岳说出"回去"这句话。但郑纪岳始终没有开口，而是若有所思。

这时，在车厢休息的凌利华手里挥着《黄焕国》这本书走了进来，说："郑局长，'石鼓'和'石港'在潮汕话里怎么说？是否口音相似？"原来，心情烦躁的他回到车里休息，随手翻看这本书时偶然发现潮阳区金灶镇石鼓村有一处黄姓后裔聚居地。

"还真是很接近呀，要不我们再去看看？"郑纪岳眼前一亮，拍着大腿站了起来。珠浦社区干部也告诉他，石鼓村过去很贫穷，现在也是落后村，有两千七百多人，全部姓黄，值得查访。

山重水复疑无路，柳暗花明又一村。晚上七点多钟，他们赶到目的地石鼓村，大家不顾天色已黑和劳累、肚饿，一下车就开始调查访问。敲开一户人家说明来意，没想到这位老者正是吴添玉三代以内的堂弟。他拿出一个本子，上面记录着亲属的名字——黄广强、黄广基、黄广昌、黄广才……

一位九十多岁的老奶奶用潮汕话对郑纪岳说，当年逃难时，黄广强送了一顶斗笠给女儿，并写上家庭地址，好让她日后找回家乡亲人，并介绍了她父亲的职业是打石头，会给人修枪（鸟铳）……经多人证实，吴添玉老人所提供的信息与他们的讲述完全相符，而她在家里的名字叫黄木心。

这边还在核对认亲的信息，外面就已经热闹起来了。一个中年女子兴奋地叫喊着："快来呀，快来呀，广昌、广基、广才家来人了，广强的女儿木心回来了……"

吴添玉被一大群人簇拥着，众星捧月般走在七十二年前离家时走过的那条路上。

看着眼前激动人心的认亲场面，郑纪岳悄悄走到僻静处，任由热泪肆无忌惮地夺眶而出……

六

一名老党员，一位退休老干部，不顾年迈，不计报酬，风雨兼程，奔波赣粤两地，义务帮人寻亲，使众多老人找到了失散多年的老家。

2015年12月，郑纪岳的先进事迹被龙南县委组织部拍摄成电视纪录片《乡关漫道》，各级电视台和腾讯视频等网络平台纷纷播放，引发社会广泛关注。这个长期沉寂无人问的潮汕难民群体由此进入公众视野，吸引更多的爱心人士加入到寻亲队伍中来。

受郑纪岳爱心善举的影响和启发，2016年5月，广东省揭阳市一个叫"关爱抗战老兵"的志愿者组织成立"梦归潮汕"寻亲团，开设专门的微信公众号，帮助流浪在外的"家己人"找回老家。

一个人的单打独斗演变为一群人的团结协作，潮汕寻亲这个公益事业从此掀开了新的篇章，这是郑纪岳乐于看到的。

八十五岁的郭玉妹老人十二岁时逃难到龙南，她的儿子在电视上看到郑纪岳的寻亲故事后，带着母亲登门求助，郑纪岳热情接待了他们。

经过一番询问了解，郭玉妹老家所在的村子叫"山背"，郑纪岳将相关的信息仔细梳理汇总，然后发给广东的"梦归潮汕"寻亲团请求协助。对方在微信群和微信公众号上发布寻亲信息，组织志愿者就近寻访，仅仅三天时间就确定了她的老家——汕头市潮南区陈店镇汕柄村。

2016年8月27日，郑纪岳带着郭玉妹和她的儿孙驱车前去认亲，全程高速，不到六个小时就到了，受到全村族亲和"梦归潮汕"寻亲团志愿者们的热烈欢迎和盛情款待。

作为牵线引路人和方言翻译者，郑纪岳忙得不亦乐乎。他不仅要对接联系、安排祭祖、张罗食宿，还要代表讲话、接受媒体采访等。

寻亲结束后，他顺便走访了揭阳市"梦归潮汕"寻亲团，与当地爱心志愿者座谈，面对面商讨寻亲合作事宜。

"看到一个介绍你的视频，我很感动，做公益是无界的，谢谢你，谢谢你。"寻亲团团长方壮健，外号"光头哥"，握着郑纪岳的手连声道谢。

"我也要谢谢你们的支持，让我们的寻亲速度加快了，效率更高了。"郑纪岳回应道。

最初寻亲靠两条腿，后来用电话锁定某一个地方进行寻找，现在通过互联网把求助者与素不相识的志愿者和热心人士联系起来，回顾半个世纪的寻亲历程，郑纪岳五味杂陈、感慨万千。首先交通便利，路更好走了，其次寻亲的人数增多了，手段先进了。但同时他也感到自己老了，身上的责任和压力反而更大了。

从广东回来后，他牵头组建龙南县"梦归潮汕"寻亲团，招募凌利华、唐晓奎等几名寻亲受益者为骨干,并将他的妻子、儿子发展为首批团员。

其实,郑纪岳的寻亲行动能坚持到今天,与家庭的支持密不可分。他的妻子欧阳文瑞从一开始就跟随郑纪岳到广东寻亲,亲身体会到这项公益事业的重要性和艰巨性,几十年来一直在背后默默支持丈夫。为让郑纪岳有更多的时间去寻亲,她几乎包揽了全部家务,从来不问寻亲花了多少钱。每次寻亲人登门拜访,她都是笑脸相迎,热情地烧水端茶,他的儿子郑伟强则帮忙照相、录音、整理信息等。

"这是一个抢救性的公益活动,我们要与时间赛跑,只争朝夕,让更多的老人梦归潮汕。"2016年9月11日,郑纪岳在龙南寻亲团成立时发出这样的动员令。

2016年4月的一天,凌利华带着龙南县桃江乡洒口村的周美珠(阿英)来到郑纪岳家,请他帮助寻找广东潮汕的故乡和亲人。

周美珠已经听不懂也不会讲潮汕话了,只能用龙南话谈她在家乡的一些情况和到龙南后的一些简单经历。谈话中,她的孙子黄鑫诺拿出一张"卖身契",让郑纪岳眼前一亮。

立主婚字人周犹长,广东省普龙(宁)县人氏,宝镜院乡第十保第八甲十一户人。今有幼女乙(一)口,名唤周美珠,年方六岁,情因家内无钱,周犹长愿明(将)该女出嫁,兹特托媒人传庚与龙南水西乡黄榜信先生名下为媳,当日凭媒人(林廷美)三面言明,聘金国币二千三百元正(整),任凭黄榜信先生教养长成,择日成配。自出嫁之后,并无另生枝节意外之事,亦无异言,倘有来历不明等情,系立主婚字人之事。空口无凭,持(此)立永远。

主婚字人—张为据

介绍人林廷美　押（兼）代笔人

在场母周王氏

民国三十二年古历七月十七日立

主婚字人周犹长

这是一个难得的寻亲依据和线索，时间、地点、有关的人物姓名都很清楚。唐晓奎通过微信查找到了洪阳镇宝镜院村党支部书记陈文标的电话，郑纪岳马上打了过去，因为彼此不认识，一开始对方并不怎么热心。郑纪岳又通过一位普宁市的朋友找到村支书，并把老人的"卖身契"拍照传过去。得知郑纪岳是义务寻亲的潮汕"家己人"，陈文标马上行动起来，组织村干部分头排查，很快找到了一个叫周德诚的疑似亲人。

根据相关信息，周美珠的兄弟姐妹和叔伯兄弟均已过世，而五十多岁的周德诚是第三代堂兄弟。来不及与郑纪岳互通信息，5月21日，凌利华就迫不及待地带着周美珠一家人认亲去了。事后，郑纪岳很高兴，也表示理解，因为每一个寻亲成功案例都是大家共同努力的结果。不在乎谁的功劳大、付出多，帮助更多的逃难人员早日回归故乡，亲人欢聚，骨肉团圆，正是他们做公益的宗旨。

七

作为寻亲团团长，郑纪岳以身作则，几乎把全部的时间精力投入到寻亲工作中。

顺应互联网寻亲的新趋势，年过古稀的他练习电脑打字，学习使用手机微信发送信息。由于手指不够灵敏，记忆力下降，头脑反应迟缓，别人一个小时就学会的东西，他十天半个月也掌握不了。

世上无难事，只怕有心人。在儿子的耐心教导下，如今郑纪岳也能上网聊天，通过手机发送图片信息了，这给他的寻亲工作插上了隐形的翅膀。

"我们一家五口逃难，半路上讨不到饭吃，父母就把弟弟妹妹送给人家抚养，到龙南后，父亲去给国民党做挑夫，弟弟妹妹此后都下落不明。母亲帮人家做杂工，还是找不到饭吃，又把我卖到连平县上坪村，不久也没了母亲音信。举目无亲的我在上坪村无法生存，就又逃回龙南，后来在里仁安了家，生儿育女。"2017 年 3 月，八十五岁的谢来房在女儿的陪同下找到郑纪岳，述说自己少年坎坷悲惨的遭遇，禁不住老泪纵横。

"莫要哭，苦难都已经过去了，现在是苦尽甘来。"郑纪岳强抑住同情的泪水劝慰道。

谢来房是他在龙南安家落户后取的名字，虽然潮汕话讲不清楚，但他还记得老家在广东普宁，村里人都姓罗，他家前面有一条大河，河上有座大石桥，过桥三里路左右的山坡上有一座大塔。

郑纪岳把老人叙述的信息用微信发往广东"梦归潮汕"寻亲团，那边立即组织志愿者进行查访，以塔和罗姓为重点，普宁市寻亲分队很快找到洪阳镇上寨村这个地方，得知老人的一个堂弟罗里河健在。

3 月 9 日，郑纪岳带队，谢来房全家十人前去认亲。少小离家泪涟涟，老来返乡笑吟吟。虽然至亲不在，但罗家亲人们以最高礼仪，张开双臂拥抱这位归来的游子。

培风塔历经两百多年风雨，依然巍然屹立。郑纪岳登上塔顶，凭栏远眺，榕江滔滔北去，当年顺流而下的潮汕难民，还有多少人流落他乡，等着他找回来呢？想到这里，郑纪岳眉头紧锁，不由得神情凝重起来。

寻亲，风里来雨里去，既要走访调查，还要分析研判，是一个体力加脑力的高强度工作，这对一个七十多岁的老人来说，是一种考验和挑战。

郑纪岳深知，只有身体强健，思维敏捷，才能做出正确的判断和分析，从而找到他们的亲人。

为了胜任寻亲的工作，担负起团长的职责，郑纪岳坚持每天锻炼身体——慢跑和打球，保持昂扬向上的热情和干劲。他虽然年过古稀，但精神矍铄，耳聪目明，声音洪亮，步履矫健，走起路来并不比年轻人慢。

"月娘月光光，秀才郎，骑木马，过阴塘。阴塘水深深，娘仔去载金，载无金，载观音……"

哼唱着那首潮汕老家的童谣，郑纪岳多次翻山越岭来到龙南县程龙镇八一九村。那是八十一岁的魏惜娟老人被卖到这里并长期生活的地方，通过察看历史的蛛丝马迹，勾起对往事的回忆，不断修复和丰富寻亲信息，最终确定她的家乡在揭阳市榕城区新庵头郭厝围。

2017年3月14日，由郑纪岳带路，魏惜娟在儿孙们的陪同下荣归故里。他的妻子欧阳文瑞作为志愿者一同前往，协助工作，照顾丈夫。

此次寻亲受到新闻媒体的广泛关注，郑纪岳再次成为焦点人物，中央电视台社会与法频道《夕阳红》栏目记者全程跟踪拍摄。

其实，早在一年前，郑纪岳就成了新闻人物，新华社以"奔波万里为团圆　江西七旬老人助人寻亲半世纪"为题对他进行报道，全国四十多家网站转发，他获得"赣州好人""感动赣州年度人物"和"全市十大老有所为先进个人"等荣誉称号。

盛名之下，郑纪岳也平添了不少烦恼，找他寻亲的人越来越多，工作量也越来越大。更棘手的是，寻亲团是民间公益组织，没有经费来源，而要走访采集信息，带老人去潮汕寻亲，吃住行的费用从哪来？特别是有的老人住在穷乡僻壤，家庭贫困，有的找到亲人却无钱回家认亲，怎么办？

好事要有好人来帮。感动于郑纪岳的大爱善举，安远县果业发展公司董事长余慧强慷慨解囊，先后向寻亲团捐助六万元，确保寻亲工作顺利进行。

"我快乐！我幸福！"每次看到老人寻亲成功，并与亲人团聚，郑纪岳都是笑容满面。

退休不褪色，为霞尚满天。截至目前，郑纪岳帮助三十一人寻亲成功。作为龙南寻亲团团长、县政府机关离退休党支部书记，2017年10月，他被江西省委老干部局评为首届"最美老干部"和全省"正能量之星"。

故乡是一个人永远的牵挂，随着年岁的增长，这份思乡的情愫愈加深厚，作为一个在外生活的潮汕人，郑纪岳感同身受。

"只要有人来找我，只要我走得动，我就要一直找下去。"

这颗闪亮的星星以全部的余热，发出夺目的光芒，照亮了越来越多潮汕老人回乡的路。

本文作于 2020 年 8 月

妙手仁心黄晓焰

她,从事消化内镜诊治工作三十年,勤于钻研,勇于创新,率先在赣州市开展了小儿内镜检查、内镜下息肉钳除术及电切术、食管狭窄扩张及支架放置术、内镜下癌肿注射治疗术、消化道异物取出术等二十多项新技术项目,并且获国家专利一项,被誉为"赣南胃肠镜第一人",她就是享受江西省政府特殊津贴专家黄晓焰。

"长大后,我要当一名好医生"

医学是生命的奇迹,医学的不断发展承载着更多生命生存的期盼。

黄晓焰出身于知识分子家庭,家中四兄妹,她排行老大。说起童年生活,她至今难忘的是求医看病的情景。

"我九岁的时候,经常肚子痛,吃了几十种药都没见好,非常痛苦和失望,真希望找到一位能够药到病除的好医生。"

黄晓焰年幼时体弱多病,经常肚子疼得满地打滚,直呕吐、冒冷汗。六岁随父母下放后,看病更难了,每次生病,父母就背着她走十多公里的山路,到乡里的诊所、县里的医院去看病,也不知道看了多少回，打了多少针，服了多少药，甚至寻遍了当地的"名医"和"偏方"，可总是不见好，或者好不了多久，又会旧病复发。如此折腾来折腾去，花了钱不说，自己和家人都为此受了很多苦和累，最后上不了学，只好休学一学期在家治病。

童年的求医看病经历，让黄晓焰目睹和体验了农村基层缺医少药的情况，深刻体会到医生医术对解除病人痛苦的极端重要性，当一名治病救人的"白衣天使"的理想就在这颗幼小的心里植下了。

"从那时起，我就立志，长大后要当一名医生，一名好医生……"

从此，黄晓焰发奋求学，成绩优秀，高考志愿填的都是医学院校。1982年7月从赣南医专毕业后，她从赣州来到了兴国县人民医院，实现了当一名医生的愿望。

"自己医术高一点，病人的痛苦就少一点"

在兴国县人民医院行医时，黄晓焰白天在眼耳鼻喉科上班，晚上在急诊科倒班，工作勤奋，业绩突出，各方面都得到了许多老专家的指点和帮助。两年后调入赣州市人民医院，在手术室当一名麻醉师，1985年因工作需要又调到功能科内镜室，成为赣南第一位内镜专职医生，开始了赣南内镜行业的拓荒之路。

内镜检查是用一根细长管子经过口腔插入人体，通过大约只有绿豆大的两个"小眼睛"，窥视患者胃肠内的真实情况，明确诊断疾病。作为新兴学科，当时国内有关内镜专业的书籍很少，只要听说哪里有这方面的书，不论多远，不管多贵，黄晓焰都会想办法买下来，一到手就如获至宝般迫不及待地研读起来，那种对知识如饥似渴的劲头，促使她通宵达旦地把一本书啃完。光有理论知识还不够，更重要的是要多做实验。于是，每当母亲去菜市场买菜时，黄晓焰总是央求她买点大肠、小肠回来，为的是给自己做实验用。那时的她，可以说是一头钻进"内镜"里了，1.65米的个头，体重只有45公斤。

内镜最初的主要功能是检查，但在工作中经常会碰到一些新情况新问题，比如说检查时，看到患者的胃里有不小心吃下的牙签、硬币、鱼骨头等异物，怎么办？通常的做法就是开刀取出。看到胃肠内病变处鲜血涌出时，无法止血，只能开刀。如何帮助病人免除这既花钱又痛苦的一刀呢？能不能直接在胃镜下取出来呢？这是患者经常提出的问题，也是黄晓焰经常思考的问题。为了提高医疗技能，黄晓焰于1985年、1998年和2002年，先后三次赴广州南方医院进修，带回了许多国内外先进的医疗技术和新的治疗方法，并运用于平时的疾病诊疗中，及时为赣南家乡的胃肠病人服务。

胃镜下取石术在我省医疗界曾是一个空白，黄晓焰成功破解了这一难题，在全省引起了不小的轰动，胃镜下取石术也被列为江西省卫生厅星火推广项目。黄晓焰医术精湛一传十，十传百，许多外地的病人也慕名找上门来。

朱生洋是南康市三江乡新江村人，有十几年的胃病史，做过一次胃溃疡手术，2010年因空腹吃了柿子，导致胃部有巨大结石。

找了多家医院，都说要开刀才能取出结石。因对开刀恐惧，朱生洋迟迟没去治疗。当打听到黄晓焰医师可以不开刀取石时，他抱着试试看的心态来到医院，这一试就把石头顺利取出来了。

"当时我都还不相信。但在做胃镜检查时，她一放进那个管子，第一感觉是特别舒服，好像没放进去一样，出来也没什么感觉，不会吐。"朱生洋满怀感激地说。

对此，黄晓焰却回答："自己医术高一点，病人的痛苦就少一点，这也是我们医生努力提高自己医术的最大动力。"

冬去春来，黄晓焰沉醉在内镜的世界里，一干就是三十年。她爱岗敬业，主持攻克了"无痛胃镜肠镜检查""内镜下息肉钳除术及电切术""食管狭窄扩张及支架放置术""内镜下胃结石快速取出术"等二十多项技术难题，其中"内镜清洗消毒槽"获得国家专利，三项鉴定为"国内先进"，多次获得全市科技进步奖。2005年她成为享受省政府特殊津贴的专家，破格晋升为主任医师。目前，黄晓焰借助一根连通电脑的细长管子，在人体的肠胃里大展拳脚，做六万多例手术无任何医疗差错和责任事故，这在省内外都是令人惊讶的成就。

"人家花钱求医，我要笑脸相迎"

黄晓焰不仅医术高明，而且医德高尚，服务周到。接触过她的人都说，黄晓焰为人亲切随和，性情温柔体贴，有一副热心肠。

76岁患者谢恩孝因消化道出血入院，在此之前他到过几家医院检查，心电图提示他的心脏供血不好，心肌肥大，拍片子发现升主动脉扩张，比正常大很多。治疗时，稍不小心就可能破裂，而一旦破裂就没有办法抢救。为避免医疗事故，医生婉言拒绝治疗，同时建议他去找黄晓焰。

面对这种特殊的病人、这样危险的手术，黄晓焰没有推脱。她首先用和蔼可亲的语言，通俗易懂的医疗知识，消除病人的恐惧感，使病人既感到亲切又有安全感。然后，她做好充分的准备，包括查资料，做一些防范措施，操作时选择最娴熟的护士做搭档等。最后，黄晓焰凭着多年的临床经验，用最轻巧的动作、最少的气力，不仅成功检查到出血的原因，还完成了肠道的息肉摘除手术。

手术结束后，黄晓焰还不时到病房嘘寒问暖，了解身体恢复情况。出院后她还抽空回访，做好跟踪服务，将爱心延伸到患者家庭。

谢恩孝紧紧握住黄晓焰的手，感动得流出了眼泪："黄医生，你真是白衣战线的一个楷模，是值得称赞的。"

黄晓焰觉得这是自己应该做的。她经常说："医生要有职业道德，第一点就是要对病人和蔼可亲。第二点呢，来我这里找我看病的，大部分是做胃镜的，设身处地地想，做胃镜本身就很痛苦，我看到病人有这个胆量来受这种苦，还是很敬佩的。因此，人家花钱求医，我要笑脸相迎。否则，我们医生再凶他一下，他会更痛苦。"

"工作的事人命关天，家里的事先放一边"

追求更新更高的医学目标，不是为了创造个人财富，而是成千上万的患者赋予医生的崇高使命。正是带着这种强烈的事业心和责任感，黄晓焰全身心扑在工作上，废寝忘食、加班加点是常有的事。

做胃肠镜检查治疗，是技术活，也是苦力活。据了解，原来的内镜有四五斤重，往往一天工作下来，左手非常酸痛，吃饭时连碗都端不了。后来，仪器改进了，变得轻便了，但病人增多了，一个上午要做二三十个手术，下午做一些收尾工作。一天下来，已经够辛苦了，晚上还得搞科研、查资料、写论文。对此，黄晓焰的家人最有体会，也抱怨最多。"问她回不回来吃中饭，说回来，但基本上要在一点以后才回。有时好不容易等到一点，她又打电话说，有病号来了，不能回来吃饭。"

工作的辛劳对于黄晓焰来说或许不算什么，最让她惭愧的是没有好好尽到做妻子、母亲的责任。当别的夫妻并肩散步时，她却在为病人取出误食到胃里的钢珠。当别的家庭聚在一起享受天伦之乐时，她却在为急性胃出血的病人做胃镜下止血手术。

一个风雨交加的夜晚，黄晓焰三岁的女儿突然发起高烧。但这时，医院打来电话说，一位患者急性胃出血，生命垂危。黄晓焰看着床上脸烧得通红的女儿，心颤抖了。女儿、患者，母亲、医生，孰轻孰重？她来不及权衡，毅然推开了房门，以最快的速度赶到医院，对那个患者实施了及时有效的抢救。患者得救了，可她赶回家时已是午夜，仍在发烧的女儿还在等着她。因孩子的父亲在于都工作，所以邻居说："很多年了，我们都习以为常了，晚上听到小孩哭就知道黄晓焰又去医院了。"

对于女人来讲，事业、家庭往往难两全。当两者发生冲突时，她总是选择治病救人，理由是"工作的事人命关天，家里的事先放一边"。

二十多年来，黄晓焰坚持以病人为中心，模范履行着救死扶伤的工作职责，"赣州市十大杰出青年""全国先进女职工"等荣誉称号，正是对她妙手仁心的最好褒奖。

本文作于 2010 年 6 月

千山万水创业路

　　他是共和国的同龄人，为了追逐心中的梦想，历经坎坷，经受住岁月的磨炼和考验。

　　他从井冈山下穷乡僻壤的土坯房中走出来，一步一个足印，一步一个台阶，坚实而笃定，自信而昂扬。

　　在同行眼里，他是赣州丰德实业集团有限公司总裁、赣州汇丰建设工程有限公司监事会主席；在乡友眼里，他是赣州市吉安商会会长、赣南刘氏宗亲联谊会会长；在客户眼里，他是赣州市区机关干部联户建房办公室主任、赣州丰德园社区管委会主任；在家人眼里，他是孝子、慈父和严师；在众人眼里，他是赣州市政协委员、乐于助人的爱心人士。

　　他叫刘振德，一位有实力、有责任、有情怀、有担当的民营企业家。

　　金秋时节，脐橙飘香。对话刘振德，着力去探寻、去追溯他人生奋斗的轨迹，发现有许多经验值得深思和体味。

"每一个创业者都必须经历艰辛和挫折，只有这样，才能变得更加成熟、更加坚强"

问：如今您是功成名就的企业家了，回想往事，您走到现在，是偶然还是一种必然？

答：首先是社会大环境的影响，其次是我个人身不由己的选择。我出生于江西吉安市万安县顺峰乡的一个非常闭塞和贫穷的小山村——山塘村。7岁时，母亲因病离世。我小学毕业后考上了中学，但由于家庭贫困，通过读书走出农村的梦想被击破。好在上天在关闭这道门的同时，为我打开了另一道门。因为出身好，一家三代贫农且有两名烈士，根正苗红，我14岁被选到人民公社当话务员，吃上了公家饭。此后，又做了通信员和领导的秘书。这段经历，让我比同龄人更早懂事成熟，从一个懵懂少年变成一个对未来充满期望的青年。1966年，"文化大革命"的浪潮席卷全国，由于群众基础好，我被大家推选为县大联合筹委会副主任兼公社大联筹主任，迎来了事业发展的第一个高峰，收获了爱情，也奠定了自己永远热爱党、永远跟党走的人生信念。

粉碎"四人帮"后，全国开始查党内"三种人"，即追随林彪、江青反革命集团造反起家的人，帮派思想严重的人，打砸抢分子。我不属于这"三种人"，却照样和其他11个县批林批孔办公室常委一起，被批斗，被隔离审查，被押去修水库，与民工一起挑泥巴。1978年党的十一届三中全会召开，政治上拨乱反正，经济上改革开放，我的人生发生了戏剧性的变化，我走上了自主创业的道路。

问：改革开放之初，大家的思想还不够解放，您怎么想到去创业的？您在农村广阔的天地里大展身手了吗？

答：那时农村实行家庭联产承包责任制，由于农村劳动力充足，公社允许一部分农民搞副业，前提是向生产队缴纳一定的管理费。1979年，我邀了十几个同乡，满怀激情到乡里的武术林站搞副业，承包了万亩荒山育苗造林。最多的时候管理二三百号人，我把任务分解到个人，标准、要求、任务、报酬一一说明白，采取按劳取酬、多劳多得的方法，大大调动了工作积极性，这在当时是一个石破天惊的做法。8年间，一共造林5万亩，它带给我的不仅仅是金钱的收获，还有一种"我可以成功的信念"。它让我得到了前所未有的宝贵的成就感，有了对生活无所畏惧的冲动，有了去建立一片新天地的勇气。

造林工作结束后，我有一段时间从事贩运木头的买卖。1988年，顺峰公社成立农工商联合公司，因为有之前的经商经历，上级任命我为公司总经理。凡是农民需要的东西，小到针线刀剪，大到化肥、农药、种子等，我都从各个渠道买来，运进山里。碰上家里缺劳动力的，我就骑着自行车翻山越岭将农资送到他们家。虽然艰苦，但练就了经商的本领，结识了很多朋友，初步形成了自己的商业理念，那就是创业之道犹如做人之道，莫以善小而不为，莫以恶小而为之。"西瓜"虽大，但强手如林，很难抢到手；"芝麻"虽小，然愿求者寡，锲而不舍就能打开致富之门。

不过，那时候做业务，有点儿下海的意思，但不完全脱离单位。我当时想：君子藏器于身，待时而动。把业绩干好一点，有机会的话，还是希望回机关工作。但没想到，1992年妻子意外怀孕了，经不住父亲和岳母的劝说，不得已把孩子生了下来。我因此受到严厉处理：罚款5000元，开除总经理职务。一夜之间，我直接被推向了市场，这一点是我始料未及的。

问：看来，您是被"逼上梁山"了，但您思维敏锐，有经营头脑，当初创业还顺利吧？

答：万事开头难。做任何事都不可能一帆风顺，特别是做生意这个行当，不亏点钱就很难赚到钱，这叫作交学费。然而，我交的学费也太贵了，贵得自己差点倾家荡产、走投无路。那时，我投资办了一个窑厂，用木柴烧的青砖却烧成了红砖，做的瓦因为太滑溜，老鼠一钻瓦就掉下来打碎。砖、瓦都卖不出去，最后企业垮了，连购置的制瓦机也卖给了人家。

之后，我在镇上开了一个南杂店，辛辛苦苦赚了点钱，却发生了盗窃事件。店门被贼撬了，两万元钱被偷走。要知道，那时两万元可是一笔不小的数目，相当于现在二三十万。为了凑齐这些钱，家里卖了一头牛、两头猪，开店半个月的生意收入，再加上从银行取出一万元钱，创业顿时陷入了异常困难的境地。那段日子没有阳光，只有看不到尽头的黑暗，睁开眼睛，感觉到的只有悲伤和痛楚。

这是我创业路上最艰难、最凄惨的日子，也是人生中最寒冷的"冬天"。不过，现在回忆起来，却有一种甜蜜的味道。我甚至还要感激这段经历，正是这两件事让我成熟起来。我认为，每一个创业者都必须经历艰辛和挫折，只有这样，才能变得更加成熟、更加坚强，才能具备一个成功者必需的能力和素质。

"只要有目标，不放弃，我就永远有希望和机会"

问：思路决定出路，选择决定成败。创业失败后，您做出了怎样的调整和选择？

答：经过一番痛苦的挣扎和思考，1992年，我做出了一生中最重要的决定——南下赣州，重新创业。刚开始，父亲不同意，他说我的大爷刘乙财曾在江西省苏维埃政府工作，红军长征后留在中央苏区打游击，因为叛徒告密，在瑞金被敌人杀害；我的二爷刘诗潮加入彭德怀的部队，在 1932 年攻打赣州时用棺材装炸药炮轰城墙，牺牲后连尸首都没找到。可见，赣州对我们家不利，他可不想让我去送死。而我当时考察了南昌、深圳等地，发现赣州与我的家乡隔山相望，南接广东，是江西改革开放的先行示范区，发展的机遇多、空间大。我就将情况分析给父亲听，现在是经商，不是打仗，不可能有生命危险。后来的事实证明，到赣州创业是我这辈子做出的极正确、极英明的决定之一。

我清楚记得，1993 年农历九月十三日，把山上的油茶籽采摘完后，我怀揣仅有的 300 元钱，带着妻子和两个孩子，挑着床铺、凳桌、大米，走 20 多里山路，翻山越岭到赣县，然后再从公路上用货车将这些东西装运到赣州。

我坐在车上，望着窗外陌生的风景，闭上眼睛问自己："你真的准备好了吗？"

"是的，我已经准备好了！"一个来自内心深处的声音做出了响亮的回答。

问：到赣州创业，一切从零开始。您是从哪里入手揭开创业新篇章的？

答：我从老乡关系入手，找到了在赣州的第一个贵人袁良才。他是赣州地区老干局局长，把我安排在局里成立的万达建筑安装工程公司当总经理、法人代表。为了胜任这项工作，42 岁的我报名参加业务培训班，学习土建理论和管理能力等科目，拿到了执业资格证书。为了联系业务，我每天骑着一辆破旧的载重自行车穿梭在大街小巷，腿跑肿了，鞋子磨烂了，赣州市所有的业务网点也在我脑子里形成了一张"地图"。

我从承接老干局的第一单业务起家，一个接一个地做了不少项目，几十个人的施工队，剔除成本，虽然利润不大，却让我高兴得不得了。正当我开心地享受着小赚的喜悦时，公司遭遇了严重的债务危机。我们在定南县承建的工业大厦，由于用人失察，管理不善，亏了190多万元。在信丰县修建乡村公路，又有460万元工程款收不回来。当时的我如同冰刀上的舞者，心理压力特别大。开弓没有回头箭，越是亏损就越要去找项目把钱赚回来。于是，我又联系了一个校建项目，不料又受骗了，项目被迫终止，血本无归。公司连贷款和利润总共亏损930多万元。

问：创业的梦想再次被现实击碎，这给您带来了多大的痛苦和怎样的打击？您又是怎么从失败的阴影中走出来的？

答：那段日子可以用梦魇来形容，每天在公司面对员工，表面镇静，好像没事一样；晚上睡觉时，脑袋像爆炸了一样，很难受，翻来覆去睡不着。从1994年到1997年，差不多3年时间里，不是我告业主，就是民工告我，起诉、取证、开庭……太折腾人了。

但我并没有被失败击倒。每当烦恼、忧伤时，我就会想起我的老祖母，就会情不自禁地用手去按自己的左胸膛，让自己静静感受生命的强音。母亲离世时，老祖母把我和妹妹带回身边，她拉起妹妹的小手按在她温暖的左胸膛上，说："这一动一动的地方，就是祖母身上的开关，摸摸它，就不伤心了。"那时，我并不知道这是老祖母转移注意力的一种安慰方法。但从此以后，不论遇到多么难过的事，我都会不由自主地去按按左胸膛。神奇的是，每一次都会感受到一股温暖的力量如电流般经过手掌、穿过手臂，一直蔓延到全身。很快，所有的忧伤都会被这种力量所包围，整个人就会变得安宁。

在触摸"幸福按钮"的时候，我一个人静下心来想了好多。我第一次清醒认识到商界残酷的一面，第一次深刻意识到，经营企业不能追求发展速度，必须确保安全第一。有些东西一旦失控，就像从悬崖上滚下来，万劫不复。当时，业内很多人都认为我要倒下去了，也有很多人劝我打道回府，退一步海阔天空。我想起《大宅门》里白景琦父亲讲的一句话："每进一步多难，我凭什么要退一步？"我发现，创业总是与困难、失败为伍，在困难和失败面前，平庸之辈低下了自己的头颅，只有少数不甘心失败者，才能忍受常人不能忍受的挫折，奋力拼搏，创造新一轮的辉煌。我坚信，只要有目标，不放弃，我就永远有希望和机会。有了这样的想法，我像着了魔似的，不断地给自己鼓气：坚持！坚持住！坚持到最后就是胜利！

"一个小企业家的成功是依靠自己的精明，一个中型企业家的成功依靠的是自己的管理，一个大企业家的成功肯定依靠的是自己的为人"

问：从哪里跌倒了，就从哪里爬起来。在后来的创业过程中，您是怎么峰回路转，开辟一片新天地的？

答：深深绝望之后，希望往往就会不期而至。1997年1月，我果断地投资成立了赣州万发建设开发公司，挂靠市机关事务管理局。原来的万达建筑公司，因为资不抵债，通过法律程序宣布破产。

凭着个人的直觉，我预感到房地产业要崛起，于是又组建了赣州汇丰建设工程有限公司。2002年，我毫不犹豫地在市区买下了一块4万平方米的土地，着手开发一个叫丰德园的公务员商住小区项目。这是我一生中最大一笔投资，并由此掘到了人生的第一桶金。虽然中途也出现了一些困难和挫折，但是收获也超出了我的想象。这个项目完成后，我兴奋得几天几夜都没有睡着，它让我尝到了甜头。

运气来的时候，门板都挡不住。循着丰德园的脚步，我乘胜前进，先后在于都、宁都和龙南等县开发了5万平方米的于声花园、3万平方米的梅江南苑和7万平方米的金峰花庭等房地产项目。汇丰在短短几年的时间内从一个不知名的小公司发展成为今天在赣州市乃至江西省颇有影响力的房地产开发企业。2009年，我荣获"赣州地产风范大奖·风云人物"称号。

问：房地产项目投资大，利润高，但风险也不小，您是怎么创造出地产传奇的？

答：我的经历比较传奇，企业发展还是稳扎稳打。如果这也算成功经验的话，我归结起来有三点：一是以业主为中心的营销理念，二是以人为本的管理模式，三是以文化为魂魄的品牌意识。

在业主第一的前提下，我把员工排在第二位，其次才是股东。我旗下有8个子公司，每个子公司都是项目负责制。我奉行创新、平等、放权的管理模式，对各子公司总经理是充分信任的，用人不疑，疑人不用，爱兵如子，去者能回，让他们进行有效的自我管理。我的作用就像水泥，把许多优秀的人才黏合起来，让他们的力气往一个地方使。每一个项目挣钱了，我都会跟大家说："大家看看怎么分，你们先拿，剩下的就是我的。"现在我公司重要岗位的核心成员大多是从创业之初就跟着我打拼的，20多年没有离开过。只要我振臂一呼，他们都会全力以赴，奋不顾身，勇往直前。

一般企业做产品，一流企业做标准，超一流企业做文化。丰德公司从诞生的那一刻起就十分注重企业文化，提升品牌价值，争做房地产市场的引领者。我们的品牌定位是：呈现中国现代家庭的祥和。我把楼盘作为一种载体，向消费者传达一种"第三生活空间"的独特文化体验，消费者买房不是一种物质消费，而是上升成为一种感性的文化层面的消费。目前，丰德实业集团有限公司以房地产为依托，已经在赣州的地产开发、物业管理、家政服务等领域站稳了脚跟，成为一个在消费者心目中颇具影响力的品牌。

问：浸淫商海几十年，您得到的不仅有丰厚的物质回报，更有宝贵的精神财富，请问还有哪些感悟和体会能给大家分享的？

答：每个人的经历都是一笔财富，经历了失败和挫折的人生更是弥足珍贵的。我虽然文化程度不高，但我喜欢看书学习，喜欢独自静静地思索。思考时，我会有一种探知未知世界的冲动，我喜欢在路上的感觉，想知道下一个路口会伸向哪里。

我很欣赏这样两句话，一句是："一个小企业家的成功是依靠自己的精明，一个中型企业家的成功依靠的是自己的管理，一个大企业家的成功肯定依靠的是自己的为人。"另一句是："一流的成功者会做人，不做事；二流的成功者先做人，后做事；三流的成功者先做事，后做人。"我始终认为，做人比做事更重要，做人又以诚信为本。古人说：德不配位，必有灾殃。没有德行，财运必然不会长久。许多错误我能够原谅，许多失败我都不在意，但是，如果做人有了瑕疵，做人失败了，那么很抱歉，我是不会再给对方任何机会的。

世界上最难做的两件事：一是把自己的思想装进别人的脑袋，二是把别人的金钱装进自己的腰包。作为企业家，要做好这两件事，必须先做好下面三件事：一是思考你的决策，二是计划你的工作，三是把员工教育好。对于我的员工，我经常教育引导他们每天要思考五个问题：前天的教训，吸取了没有？昨天的问题，解决了没有？今天的任务，完成了没有？明天的措施，想好了没有？后天的计划，安排了没有？

"我带动了整个家庭做生意，这是我最值得骄傲的地方"

问：人们都说，事业成功的人，家庭不一定成功。但您不一样，事业、家庭两不误，双丰收，您是怎么做到的？

答：我觉得事业与家庭并不矛盾，反而会相互促进。工作再忙，碰到节假日，我都要抽出时间与家人团聚。我有二男三女五个小孩，他们又有各自的儿女，四代同堂，二十多口人围坐在一起，非常温馨，我很享受。

我的事业能取得成功，有妻子一半的功劳。她是一位吃苦耐劳、默默奉献的典型客家农村妇女，四十年如一日，风里来雨里去，把满腔的爱都倾注在丈夫、儿女身上。她很理解并支持我的工作，从不会拿烦心事去增加我的困扰。为了接待客人，我有时不可避免多喝了些酒，回家后她从不责怪，而是递上一条毛巾给我擦洗，再捧上一杯热茶，然后把我扶上床，披好被子，可以说是无微不至。

我的父亲是个砖瓦匠，一生劳碌奔波。我在赣州一站稳脚跟，就把他和自己的几个孩子接过来一起住，只要有空我就会陪他散步、闲聊，带他坐火车、飞机去上海和深圳旅游。后来，父亲瘫痪了，患有痴呆症，经常无缘无故骂我，我从没顶过嘴。有人问我："你不记恨父亲？"我说，他是一个病人，我能计较吗？更何况，他骂我，我又不会痛，又不吃亏。父亲去世后，我为他写祭文，在葬礼上泣诵。在我的示范带动下，我的儿女们、儿媳妇们、女婿们对待老人都很孝敬。

问：俗话说"木匠的儿女爱弄斧凿，兵家的儿女早弄刀枪"，据我了解，您的子孙后代纷纷走上经商的道路，是不是受您的影响？

答：是的，我的五个儿女都在经商当老板，这不能不说与环境影响有关，与我的教育支持密不可分。授人以鱼，不如授人以渔。在从商的道路上，我给他们出谋划策，提供必要的资金支持，不仅把事业延续给孩子们，更重要的是让我的创业精神在他们身上发扬光大。

大儿子刘胡军，现在是江西恒大（工业园）置业发展有限公司董事长，自建了3.6万平方米厂房，与台商合伙投资生产玩具、服装、灯具等，项目扩展到深圳、珠海，有职工800余人。二儿子刘水明现任赣州恒丰房地产开发公司总经理，我是董事长，主要做地产开发、废旧再生、厂房拆迁等项目，开发房屋总面积超过56万平方米。

我的三个女儿也是巾帼不让须眉，敢与兄长比高低。大女儿刘燕当年跟随我一起闯赣州，她和二儿子一起帮助妈妈开店卖杂货。后来，我成立了公司，她就做我的司机兼出纳，学会了一些经商的门道。2003年，我支持了3万元启动资金，帮助她创办了江西燕兴物业管理有限公司。经过十几年发展，接管物业类型从当初的单一住宅发展到今天涵盖政府办公楼、高档住宅、别墅公寓、机关院校、医疗卫生、工矿企业、公园展馆、商务写字楼等十大类型，业务也从赣州中心城区，拓展到江苏、湖北、福建、江西的23个市、县（区），现有员工4100名，是江西省首家获得"国家一级物业管理资质企业"和"全国物业管理示范大厦"荣誉称号单位，也是全省唯一获得"全国家庭服务业百强企业"和"全国物业管理100强企业"荣誉称号单位，她本人也先后荣获赣州地产十年十个最具影响力的人物、赣州十大经济人物、江西省优秀创业企业家等称号。

二女儿刘秀毕业于赣州医专，在我的鼓励支持下，先是开了一家诊所，后来投资 30 多万元，创办了赣州市水南社区医院，自主发明的一针见效、不做手术的痔疮治疗法，解除了众多患者的难言之隐。三女儿刘玉兰从海南师范大学毕业后，在市保密局找了份工作，上班没多久就觉得工作枯燥无味，认为姐姐能办企业，自己也能。我尊重她的选择，出了 20 多万元启动资金，帮她创办了江西客家人环境管理有限公司，现有职工近 3000 名。之后，她又成立了"赣南客家企业管理和职工上岗培训学校"，专门培训月嫂、家政员、保洁员、保安员、物业管理员、电梯维修员等。

还有我的大孙子刘赣，参军退伍后想自主创业，我动员儿女们支持他，一人至少出 2 万，我做爷爷的出 10 万，帮他创办了赣州市中海电子科技有限公司，他成了刘家第三代创业人。

我的儿媳、女婿、侄子等也都在经商当老板，他们的企业都发展得不错，也都买了自己的房子。其中女婿叶芳平创办了江西威盾保安服务公司，近 2000 名员工散布在全省各机关单位从事保安工作。现在，这几家企业总共有员工 18000 名，上缴税收 5000 多万元。创业改变命运，理财改变生活。为了引导儿孙们把企业做大做强，我经常教育他们，做一个优秀的企业家，要有洞察力、想象力和执行力。洞察力就是洞察全球，寻找商机，把握机遇；想象力就是开拓创新，与时俱进；执行力就是按企业的规章制度办事，奖罚分明。当他们碰到困难时，我经常告诫他们，找办法是成功之道，找借口会一事无成。我带动了整个家庭做生意，这是我最值得骄傲的地方。

"事业成功了，就要去帮助更多需要帮助的人，让更多的人及企业成长，一起为社会做奉献"

问：您现在事业成功了，作为讲诚信、负责任的企业家，您有没有承担起应有的社会责任？

  答：人活一世，就是要给他人带来幸福。有钱只为自己谋幸福，幸福就会变得狭隘。前10年，我为小家打拼；后10年，我为企业打拼；这些年企业稳定发展了，我才有心思和能力为国家、为社会做点什么。我除了累计缴税1亿元以上外，还以个人名义先后为新农村建设等政府重点工程项目，以及灾区群众、贫困学生捐款捐物2000多万元，解决了8000多人的就业问题。对于社会上的公益事业、慈善活动，只要党和政府有号召，我们企业家就要有行动。我的想法是，我的企业能发展到今天，我个人能够有点成就，离不开党的好政策。因此，我们企业的发展要与国家发展结合起来，个人富裕要与全体人民共同富裕结合起来，将遵守市场法则与发扬社会主义道德结合起来，主动承担社会责任。

  千山万水创业路，回望桑梓总关情。在从商的历程中，我经过几次成功的转身，背后凝聚了吉安同乡的力量。近几年，各种商会组织风起云涌，2008年，我站出来发起成立赣州市吉安商会，主动将自己的办公楼无偿用作商会办公室，并购置办公用品、提供小车等，累计投入资金80多万元。作为第一任商会会长，所有的事情都要从零开始，亲力亲为。辛苦是不言而喻的，但这种辛苦被激情支撑着，心情是快乐的，特别是帮助我们的会员排忧解难，看到会员企业蒸蒸日上时，我心中的快乐更是无法言表的。我认为，事业成功了，就要去帮助更多需要帮助的人，让更多的人及企业成长，一起为社会做奉献。目前，吉安商会所属企业每年缴纳税款15亿余元，是成立之初的15倍。奉献不在大小，而在于需要帮助的人得到了成长，他们的成长会让我们幸福无比。

  以商会为依托，我们成立了党总支和工青妇等群众组织，发扬井冈山精神，与时俱进，抱团发展，还成立了吉商投资发展有限公司，将全体会员的可融资金凝聚起来，实现共同发展。我还参加首届吉商"同心·共促家乡发展"论坛会，组织动员部分会员到家乡考察投资，为家乡的经济建设献计出力。如今的吉安商会就像一艘大船，会员们奋力划桨，这艘大船正在破浪前行，驶向更为辽阔的大海。

问：现在您是赣州市政协委员，肩上的社会责任更大了。对于未来，您有什么美好憧憬？有没有想过还能为国家、社会做些什么？

答：成绩和荣誉只代表过去，未来才是最重要的。企业家要有眼光、有胆力，最重要的是不停止脚步。作为赣州丰德实业集团有限公司总裁，我现在主要做三件事：任免董事长、协调处理董事会关系、调度好七家子公司的资金。2013年，我担任了江西刘氏联谊总会暨江西汉文化研究会名誉会长，并牵头成立了赣南、吉安两地的刘氏宗亲联谊会，以寻根文化为基础，以血缘为纽带，积极支持刘氏经济发展，参与慈善公益活动，为江西乃至全国汉刘文化研究和寻根问祖打造了一个新的平台，目前与220多万同姓宗亲取得联系。

最近，我正与民政部主管的光彩养老事业促进中心合作，拟在江西成立丰德分公司，利用现有的物业、商会、刘氏等平台资源发展养老事业，为老人造福、帮子女尽孝、替政府分忧。

本文载于《中国报告文学》杂志2016年第1期

后记

我心中一直有个文学的梦想，它使我在忙碌的工作之余有了一处心灵的栖息地，在琐碎的生活中觅得一份精神的愉悦。

我的身边有好多作家朋友，每当看到他们有大作新著面世，必会认真拜读，而后心生惭愧。虽然自己忝列江西省作协会员，却总难有时间静心写作，一年到头也出不来一篇像样的东西，心中总不是滋味。

与年轻时相比，现在的我少了许多创作的冲动和激情，多了一些世故的沉稳和冷静，因而主动放弃了诗歌、小说的创作，转而专注于散文、报告文学的非虚构写作，利用工作上的便利，有意识地搜集素材，深入采访挖掘，创作纪实文学作品。这样的写作比较缓慢，通常写了一点就停下来，有空了再去补充采访，时间跨度少则数月，多则一两年，显得散漫随意，且有自娱自乐的意味。

本书收集的文章，是我近十年写的报告文学和纪实文学作品，立足熟悉的红土圣地，展示时代发展变化，着力为赣南过往的历史记录细节纹理，也为个人追寻的文学梦留下注脚印记。入选的文章大多数为报纸杂志发表过的中短篇作品，如《寻乌再调查》《千山万水创业路》先后在《中国报告文学》杂志刊登,《风起长冈》《爸爸,我们回家了》《荷美大西坝》《长征前的绝密行动》在《党史文苑》《赣南日报》《今朝》杂志发表,《童谣里的故乡》在"学习强国"江西学习平台"我和我的祖国"征稿活动中获得文学类一等奖。但我也清醒认识到,自己毕竟是业余作者,没有接受过专门的学习锻炼,文学创作理念不新、思路不宽,加上长期受新闻宣传和公文材料写作的惯性思维影响,许多文章写法比较传统老套,语言文字不够鲜活生动,作品的文学性不强、感染力不够,虽然也尝试改变,但终究成效不佳。在此,恳请各位作家、评论家和读者朋友批评指正。

在编辑出版的过程中,我对自己的文学创作进行了回顾梳理,经过岁月的淘洗和磨砺,有些东西沉淀了下来,有些则不合时宜,进行了适当的修补订正,包括题目和部分内容等。感谢江西人民出版社副总编辑王一木先生和责任编辑章虹女士,对本书的选稿、书名的确定等提出了很多很好的建议。感谢全国书法家协会副主席、江西省书法家协会主席毛国典先生题写书名,感谢著名文学评论家李炳银先生撰写序言,虽然不曾谋面,只是朋友引荐,他们便欣然应允。特别是李炳银先生,当时有家人生病需要照顾,李老忙得脚不沾地,却还抽空熬夜阅读拙作并予以谬赞,这种奖掖后辈的精神和认真负责的态度,让我深受教育、备受感动,定将激励我在文学的道路上勇毅前行。

作 者
2023 年秋于赣州